險

「這是一顆曾經嵌在國王王冠上的寶石。後來國家覆滅、寶物落入民間，輾轉到了一個富商手上。富商將它給了自己寵愛的小丫鬟，小丫鬟最終被嫉妒的大夫人殺害，死前她仍緊緊攥著這顆寶石。丫鬟落入井中時，它反射著井口的月光與少女的淚光。最後……」

「這是一個手製的布娃娃，是一個母親給女兒的第一個，也是最後一個禮物。小女孩被賣到了鄰村成為童養媳，寂寞的時候，總是抱著娃娃哭。後來她生了孩子，再後來她在子孫的陪伴下，走完既短又長的人生旅程。這個布娃娃最後……」

「這是一枚平凡無奇的戒指，當年男孩買下它的時候交出了自己所有的積蓄，但當他單膝跪下，將戒指套上那位女孩的無名指，女孩激動得哭了的時候——男孩一瞬間覺得自己擁有了全世界。他們結婚，接著男孩上了戰場，女孩帶著孩子默默地等，戴著戒指的手指從豐腴光滑到乾瘦起皺，戒指再也無法好好地掛在手指上，一次意外中它從火車上落了下來，匡噹摔落鐵軌的夾縫，最後……」

白髮的少年捧著書，一字一句，慢慢地說著「故事」。他旁邊圍著許多雙腳站立的兔子娃娃，每當他開始一個故事，就會有一隻兔子走出來，捧著相應的那些物品——寶石、戒指、娃娃、項鍊、鋼筆……每個物品都有故事。

但少年說的這些故事，不管是好的、壞的、悲傷的、惆悵的、圓滿的、遺憾的……都有著相同的結局。

「最後，它被遺落在時間與記憶的洪流中，所有記得它們的人都消失了。」

少年輕輕地說。

同樣的結束語，他重複了好幾次。

「它們成為了『遺落之物』。」

第一章　從掉進兔子窩開始。

From the moment I fell down that rabbit hole.

黎筱愛剛下課。

這時她背著書包，站在離自己學校約五分鐘路程的S大學圖書館的門口。

她看起來約莫十三、四歲，年紀跟大學生們相差甚遠，理應是個顯眼的存在，但來來往往的大學生並沒有特別注意她。畢竟，S大自己有一所附屬高中，圖書館本身也開放給隔壁的S中學生使用，國、高中生在這裡出沒並不是什麼稀奇的事情。

少女望著玻璃大門。她的臉上有著期待、不安，與些許的興奮。只是來個圖書館似乎不需要這麼緊張，不過，她的確不是來借書的。

「希望……可以看到啊！傳說中的……」她低喃著這句話，然後深吸了口氣，像是要走進什麼重要的儀式會場一般慎重地邁開腳步，走進了圖書館一樓。

再說一次，她不是來借書的。

她是來見鬼的。

事情要從前一天開始說起……

「所以說啊，隔壁那個附屬高中的學長，真的是超帥的～」

「哦……」

「妳有沒有看過？去借用大學球場上體育課時應該有見過幾次吧？我跟妳說啊！有一次我看到他們在測撐竿跳，那個學長竿子一撐就高高的上天了，跟鳥一樣！」

「哦……」

那只是一個普通的下課時間。鐘才剛響，老師前腳剛踏出教室，黎筱愛後腳就被好友韓沁喜拖去了福利社，兩人從擁擠的福利社殺出來後便拿著飲料一路聊著天，隨意在中庭的花圃邊坐了下來。

而話題的內容——黎筱愛在看見好友閃亮的眼神時就猜到了個大概，而結果也不出所料，又是那個「隔壁大學附中的帥學長」。

每次都是他，真是……黎筱愛偷偷地翻了白眼。

學長長得很帥，聽說成績也不錯，體育非常好，還被邀請進入校隊（但他似乎拒絕了），家裡好像很有錢。而且，聽說偶爾會有一個高大的男人來接他放學，那男人總是戴著帽子，跟學長的互動十分親密，據說每次那人出現時旁邊都會埋伏不少少女，全都拿著手機，等著好角度與好時機按下快門，留下讓她們芳心萌動的瞬間。

——我不是他的粉，但託這小迷妹的福，該知道的、不該知道的，還真是全知道了。

黎筱愛鼓起了腮幫子，頗無奈地嘆了口氣。

「而且上次他跟他那個個子很高的朋友……小愛妳有沒有在聽？」

「嗯……」

「黎筱愛！」

「是！噢，所以學長又做了什麼好帥好帥的舉動？快說給我聽！」

黎筱愛裝出一副非常有興趣的樣子，韓沁喜翻了翻白眼，往她腦後呼了一掌。

「好痛！」

力道並不大，但少女誇張地順著那掌整個身子往前傾，一副要摔在地上的樣子。

「阿喜！妳打我！我都不知道妳是這種人，竟然為了我沒有跟妳一起稱讚學長就打我，阿喜，妳變了！」

黎筱愛露出一副沉痛的表情，配上特意裝出來的哭腔，看起來就像個被丈夫拋棄、楚楚可憐的小妻子。

不過，這副模樣完全沒有讓韓沁喜升起一丁點的罪惡感，她沒好氣地哼了一聲，「我打妳是因為妳欠揍！算了，我本來有件有趣的事情要說給妳聽的，既然妳沒興趣聽我說話，那就算了。」

「不會又是學長跟他朋友的？」黎筱愛真的怕到了。

「……我走了，我要離開妳了，黎筱愛妳這個負心漢。」

韓沁喜轉頭就要邁步，黎筱愛連忙拉住她，陪著笑臉說：「哎喲！別這樣嘛，我還是很愛妳的啊！阿喜，快好生跟我說說妳有什麼事情要告訴我。」

雖然對學長的事一丁點興趣都沒有，但如果是跟學長無關，又能被韓沁喜這個情報通評價為「很有趣的事」，那應該是真的很有趣。

會這麼篤定的原因是她們實在太熟了，從小學到國中，能讓韓沁喜拿出來釣黎筱愛的事情一定是能引起她好奇心的事，屢試不爽，所以少女明明知道那是個餌，卻還是心甘情願地咬了上去。她一反剛才百無聊賴的態度，雙手鉤住好友的手臂，用期待的眼神望著她。那表情看起來有些像盯著主人拿在手上的香腸垂涎三尺，卻被命令乖乖坐好等一下才能吃的小型犬。

「妳又看了什麼怪書講話怪腔怪調的……」韓沁喜嫌棄地看著她，接著被黎筱愛拉著坐回了花圃邊上，「現在要聽我說啦？」

「快說快說。」黎筱愛期待地看著她。

「咳。」少女鄭重地清了清喉嚨，用戲劇性的緩慢語氣，放低了聲音說：「隔壁那所大學……」

「的附中的學長。」黎筱愛忍不住接話。

氣氛瞬間就沒有了。

「不是學長！黎筱愛妳是皮在癢啊！隔壁那所大學的圖書館妳去過吧？」

「喔，去過啊，不是說我們學校圖書館很小，所以隔壁特別跟我們共用圖書館嗎？我們學校的學生應該都去過吧，拿學生證就能進去了。」黎筱愛點點頭，「圖書館怎麼了？」

「那間圖書館有個很少人知道的傳聞。」韓沁喜說，「聽他們那所大學的『傳聞研究社』的大學生說，那間圖書館五樓的角落，有一面沒有在使用的鏡子。不知道為什麼會在那裡，好像是校長還是誰借放的，一放就沒拿走了，妳有看過那面鏡子嗎？」

「哦，那面鏡子！」

說到那面鏡子，黎筱愛就來了興致，「有啊，有看過！因為在那裡放個鏡子實在是太奇怪了，我印象很深刻，是一面鏡框有雕花，看起來舊舊的、很高的大鏡子對吧？我去借書或是去看書時偶爾會繞上去看一下！」

「妳果然知道啊，也只有妳這種好奇寶寶會爬五層樓去看一面破鏡子。」韓沁喜呵呵了兩聲，「雖然關於鏡子到底是誰的這件事好像沒人能給個答案，不過，那面鏡子啊，這兩年有個奇怪的傳聞。」

「奇怪的傳聞?」

「嗯。聽說……」

韓沁喜故意拖長了尾音停頓，看夠了好友期待的表情，才慢慢說——

「聽說，那面鏡子裡面，住著一個幽靈。」

◆◎◆◎◆◎◆

於是，因為好友的這一番話，黎筱愛這兩天上起課來都魂不守舍、心不在焉，今天一下課就來到了圖書館，因為她滿腦子都是「奇妙的圖書館幽靈」這件事。

出沒時間並非深夜，而是人正多的下午五、六點。地點是人煙稀少的五樓專業研究區裡，不知為何會放在那裡的鏡子。幽靈是一個白色頭髮，戴著高禮帽，穿著燕尾服的少年。

高禮帽、燕尾服，這麼奇怪的打扮竟然出現在一個少年身上，那到底是一個怎麼樣的幽靈?感覺好像不是這個年代的?黎筱愛一邊爬樓梯一邊想。

難道是那面鏡子有問題?嗯，這麼說好像也說得通，那面鏡子她有印象，看起來的確有些破舊，她不懂如何判斷物品的年代，總之只要看起來是有那麼回事，那好像就是那麼回事了，說是古董她也信的。

「好像說得通耶！因為這棟圖書館還這麼新，而且在蓋的時候也沒聽說有什麼意外，沒道理鬧鬼啊，但如果是附在鏡子上的話就很合理了！」

她一邊走上旋轉梯，一邊胡思亂想著。

五樓很快就到了，但是當黎筱愛興沖沖地跑到記憶裡鏡子的位置時，卻驚愕地「咦」了一聲，愣住了。

「怎、怎麼會？」

原本放鏡子的地方現在空蕩蕩的，什麼都沒有了。

黎筱愛錯愕地愣在原地。她有想過可能會看不到幽靈，也打算要是看不到就有空時來堵堵看，這種事畢竟還是靠運氣的，總不可能第一天就剛好被她碰上。

但她卻沒有料到，那面一直都擺在那裡無人聞問的鏡子，竟然不見了。

身後傳來骨碌碌推輪子的聲音。黎筱愛回頭，正好看到一個女孩推著書車上來。女孩看起來大概只有大一或大二，應該是在圖書館打工的Ｓ大的學生。黎筱愛小跑過去叫住她：「姐姐、姐姐，請問～」

「嗯？什麼事？」

女孩微笑地看著她，黎筱愛指著那個角落問：「姐姐，原本放在那邊的鏡子，拿到哪裡去了？」

「又是鏡子啊，今天老是有人問呢。」女孩望著那個角落喃喃自語，「聽說早上有學校的工人上樓把鏡子搬走了，我是下午的班，所以也不知道鏡子搬去哪裡了。」

「咦？這樣啊……」黎筱愛忍不住露出失望的表情，但還是向女子點了點頭，「謝謝姐姐。」

「沒事的話我去忙囉，有什麼問題再問我喔～」

她笑了笑，推著書車骨碌碌地又走開了。

——搬走了啊！

黎筱愛看著那個空蕩蕩的角落，原本興奮又期待的心情像被戳了一個洞的皮球，一下子整個都癟了下來。

「說起來，阿喜說昨天有人在討論區講了這件事，不知道是不是因為來看的人太多，所以搬走了？可是……」

她環視了一下四周，發現除了一、兩個查找資料的大學生以外，沒有什麼人。

五樓收藏的書很冷僻，又只在靠窗的地方設有桌椅，比起人很多的二、三樓，這裡常常是一隻小貓都沒有，平常除了做相關研究的大學生以外，根本沒有人會上來。

這樣看起來，好像也沒有多少特別跑來朝聖的人啊，到底為什麼要把鏡子搬走呢？

黎筱愛很認真地想了一下，然後很快地放棄了。

管他什麼理由呢，總之鏡子就是搬走了。少女嘆了口氣。

——回家吧！

她轉身往樓梯口走去，一邊想著其他的事情試圖分散對這件事的失望感，一邊踩往了梯級。

而這時候，她聽見樓梯傳來了上樓的腳步聲。

——有人上來？是跟我一樣來找鏡子的嗎？

她不經意地往下瞄了一眼，那一瞬間閃過眼中的，竟是一個——

白色的影子！？

黎筱愛嚇了一跳，眨眨眼又仔細看了一次，發現走上來的只是一個穿著跟自己同校的制服，很普通的一個男生。

「奇怪？我剛剛看見的是什麼？」

黎筱愛皺著眉頭回想。是錯覺嗎？可是這裡並沒有會讓她看錯的白色物體啊？

她一邊想一邊準備走下樓，這時，上樓的男孩從她旁邊經過。但就在此時，黎筱愛的眼角餘光忽地又閃過一抹白。

黎筱愛猛地回頭，卻跟剛才一樣，除了男孩以外什麼都沒看到。而那個男孩跟她擦肩而過之後，並沒有進入五樓的樓層，而是直直地繼續往上走。

黎筱愛開始覺得奇怪了。

這棟圖書館最高的地方就是五樓，再往上的確還有樓層，但那裡就沒有書了，而是一間小展覽室。而且現在正好沒有活動，所以上面的燈都是關著的，一般人根本不會上去。

他去幹什麼？

黎筱愛眼看男孩在旋轉梯的轉角處拐了個彎繼續往上，忍不住也跟著爬上往六樓的樓梯。她小心地放輕了腳步，樓梯上鋪設的地墊很有效的吸收了多餘的聲音，男孩完全沒發現竟然有個人跟在自己後面。他爬上黑暗的六樓，熟門熟路地往前走，黎筱愛怕被他發現，不敢離得太近，只能隨時躲在某個盆栽或是牆後頭，確認男孩前進的方向後再快速的跟上。

——雖然跟蹤過貓、狗、松鼠和鳥，但跟蹤人我還是第一次呢。

類似犯罪的刺激感讓她的心跳得很快。黎筱愛躲在紙箱後面，輕輕做了兩個深呼吸試著冷靜下來，但她沒想到，就這麼一恍神，自己的目標竟然就不見了。

「咦？」

黎筱愛驚愣地眨眨眼，愣在原地。黑暗的空間靜悄悄的，沒有任何聲響。她又等了一下，確認真的完全沒人後才小心地走了出來，疑惑地四處張望。

「奇怪，他到哪去了？」

這是一個狹長且空曠的空間，中間沒有任何桌椅或是遮蔽物，只有在頭跟尾有放一些紙箱和收好了疊在一起的折疊椅。長邊的牆上還裝設著沒點亮的展覽燈，看起來就是一個沒有使用的展場。

這種地方有哪裡可以讓一個大活人就這麼不見了啊？

黎筱愛覺得這實在太莫名其妙了，她一邊咕噥著怎麼這麼奇怪，一邊左看右看——忽然，她發現放在展場最後面的屏風後頭似乎有些異樣。她好奇地走了過去，然後往屏風後面一瞅……

「啊！這是……」

她驚訝地瞪大了眼睛。

那面被搬走的鏡子就在屏風的後面！

那是一面很大的方形立鏡，鏡面雖然有些斑點和髒汙，但沒有破損，還是完好的；似乎是年代很久遠的物品了，而且沒什麼人照料，木質鏡框上也蒙上了一層灰塵，有些沾灰的地方好像有被抹掉的痕跡，應該是今天搬它上來的人留下的。但陳舊歸陳舊，如果仔細看的話，會發現鏡框的雕工相當細膩，可以想像這面鏡子在破敗如廝以前，應該是相當漂亮的。

「該不會，那個男生就是……」黎筱愛自言自語著，「可是不對啊，不都說鏡子幽靈是一個白頭髮的小男生嗎？咦，等等，我剛剛的確有在眼角餘光看到白色，可剛剛那男生應該是個活人啊？」

少女就這樣在鏡子前面站了好一陣子，她實在無法理解發生了什麼事。她一邊想著，一邊不經意地抬眼瞄了一下鏡子，接著整個人都嚇醒了。

鏡子裡面沒有她。

可是，鏡子裡有一扇門。

「這、這這這……」

黎筱愛揉揉眼睛，不敢相信自己看見了什麼。她回頭望了一下，自己的背後是牆，就算照不出自己（雖然這就夠荒謬了），但……哪來的一扇門讓這面鏡子照啊？

她望著鏡子裡頭的門看了好半晌，然後猶豫地伸出手摸了摸鏡面——

她的手穿過了鏡子，摸到了凹凸的、木質的東西。

她摸到門。

黎筱愛倒吸了一口氣。她將手往下移到門把的地方，金屬的冰涼觸感很實在，這並不是幻覺或是夢境。

少女猶豫了一下，然後握住門把，壓下，把門推開——

走了進去。

她的身影穿過鏡子，在木門後隱沒。

門無聲地關上後便迅速消失，立鏡映出了對面的牆，彷彿什麼都沒發生過一般，回歸了平靜。

◆◎◆◎◆◎◆

黎筱愛才剛穿過那道鏡中門，就被伸手不見五指的黑暗包圍。她轉身想看看自己身後的門，卻發現門已經關上了；黎筱愛別無他法，只能試著向前走。

因為看不見，她走得很慢，伸出去往前摸索的手始終都沒有碰到東西，但腳下踩著的東西的確是地板——她還蹲下來摸過，手心碰觸的是冰涼粗糙的質地，像是石頭。

等適應了黑暗之後，黎筱愛終於勉強看出來這裡是一條寬敞的走廊，她正在走廊的中央。左右有石柱立著，石柱外頭是真正的一片闃黑，她曾試著想靠近看看，卻發現怎麼樣也無法接近石柱，就像是不停的原地踏步似的，無論走多久，她跟石柱之間的距離都沒有改變過一分。

真是個奇妙的地方。黎筱愛一邊張望著，一邊繼續往前走。

這條走廊到底通往哪裡呢？就在她走得有些不耐煩的時候，走廊終於來到了盡頭。

「這是……門？」

黎筱愛抬頭，驚訝地張著嘴，看著矗立在面前的、四扇巨大的對開大門。她依稀可以看出門上有四個符號，而且那些符號，她是認識的。

「愛心……菱形……嗯？這是撲克牌的……」她好奇地在門前面轉來轉去，紅心、方塊、梅花、黑桃，撲克牌的四個花色簡單地刻在門上，然後她試著摸了摸有紅心符號的門，潤滑沁涼的感覺，似乎是石頭做的。

「這個推得開嗎？」

看起來好像很重。正當少女這麼想著的時候，手掌底下的門扇竟然微微動了一下。

「！」

她嚇了一跳，連忙把手拿開，但是門卻往裡微微地開了一條小縫，透出明亮的光芒。就像被那光芒蠱惑似的，黎筱愛走向前去，推開了紅心的門扉。

門沒有想像中的重。她從門後鑽出來，映入眼中的，是一個寬廣的圓形大堂。大堂的地面由光滑的乳白色石材鋪成，在正中間有一個由繁複的金線設計包裹著的巨大的暗紅色心形圖案，粗大的柱子嵌在牆內圍成一圈，柱子上面都鑲著金色的玻璃。高高的穹頂由玻璃構成，明亮的陽光透進來，整個空間看起來非常明亮且舒服。

雖然從走廊開始就很明顯不是圖書館的範疇，甚至已經脫離了現實，但黎筱愛意外地並不覺得害怕。

她一邊四處張望，一邊緩緩地走到中間的紅心上面，抬頭望著那個漂亮的穹頂張大了嘴，在心裡讚嘆了好一陣子。

白天很漂亮，晚上應該也很漂亮吧？可以躺在中間看星星呢。

看夠了天空，她轉了個圈，看了整個大堂一眼，這才發現一些不太對勁的地方。

不太對勁的地方是牆。在柱子與柱子中間的牆壁鑲著長方形的磁磚，而且是豎著的，甚至有些高度寬度還有微妙的不一樣。

真奇怪，明明整個大廳是西式的風格，柱子上的雕刻也是古典的藤蔓花紋，牆壁怎麼會長那樣呢？黎筱愛好奇地朝牆壁走過去，而當她走近到能搞清楚那是什麼的時候，不禁驚訝地張大了嘴，加快腳步迅速地衝到牆壁前。

圍繞在她四周的並不是牆壁。仔細一看，就會發現那些都是嵌在牆內的書櫃，一本一本顏色古樸的書整齊並列著，成千上萬、密密麻麻地排滿在書架上，從地板一路延伸到穹頂的邊緣。灰塵反射著陽光在空中飄散著，為整個空間平添了一股靜謐而華麗的氛圍。

「……」

黎筱愛只能望著眼前的景象發愣。她生平從沒見過這麼多的書，更沒見過用這種宏偉的方式陳列著的書。雖然S大圖書館的藏書也很多，但跟這裡比起來，光是書櫃的高度與氣勢就輸了不知多少倍。那些大小相同、只有厚薄有些許不同的書一排一排地像牆磚一樣砌成了一面書櫃牆，穹頂邊上的那些離地面至少有兩、三公尺高，連顏色都看不清楚了，只能依稀辨認出似乎是書的樣子。

「這麼多書……這裡也是個圖書館嗎？」

似乎也只有這個推測是最合理的。她仰望著高高的書架，一邊驚嘆於那個超出常理的高度，心裡的疑問一個接一個冒出來。

最頂上的書要怎麼拿？爬梯子？當初是一本一本擺上去的嗎？也是爬梯子？那得花多久時間啊！而且地震來的時候怎麼辦啊？會掉下來嗎？

一想到這，她忍不住想像了一下，這些書跟山崩一樣掉下來堆得滿地都是的樣子。她為那情景抖了下肩膀，一邊祈禱這個奇妙的建築最好不要在地震帶上，一邊好奇地朝著書櫃走去。

「這都是些什麼書啊？」

黎筱愛伸出手摸過那排書牆。皮革、紙張、或是摸不出什麼材質的書背在她手指下滑過，這些書好像都是同一個系列的，書背上都寫著一串數字與A.D以及B.C，以及一至兩個她看不懂的字。

B.C？A.D？什麼意思？年代？她疑惑著抽出一本紅皮的書，書的封面用金色烙上了與書背一樣的數字與不明文字的字串，周圍用細金線框住，是非常簡單復古的設計。她翻開來，第一頁畫著一個用繩子串著像是項鍊的東西，底下用類似封面的文字書寫著她看不懂的內容。

她又翻了幾頁，都是字，偶爾會出現圖，不過都是物件，沒有什麼描述性的圖畫。她完全看不懂，覺得有些無趣，便把書放了回去，沿著書櫃牆繞著大堂走，視線在一排排整齊得如同竹簡的書背上梭巡，想找找看有什麼是自己看得懂的。她走著走著，綿延的書櫃牆出現了一個斷口——是一扇門。

「這是……」

黎筱愛好奇地打量那扇跟圖書館六樓的鏡子裡出現的長得一模一樣的門。這扇門就這樣開在書牆中間，上方和左右都被書包圍，不知是否是這原因，讓這扇門看起來特別的小。是通向哪裡的呢？

她輕輕轉動門把，小小的金屬摩擦聲響起。

沒有鎖……黎筱愛暗想。

少女做了個深呼吸，帶著些許的緊張不安，與很多的興奮，推開了門扉。

◆◎◆◎◆◎◆

「？」

在一個頗有古典英國情調的書房中，坐在巨大書桌前的白髮的少年，像是聽見什麼似的從厚重的書本中抬起了頭。

「殿下？」

他身邊站著的，像是侍童一般的人歪了歪頭，疑惑地望著他。

「……」

少年的視線朝某個方向望去，那是放著重要物品的建築的方向，他剛剛一瞬間感覺到的違和感也是從那裡傳來的。但盯了好一陣子，那種違和感卻沒有再出現，最終他搖搖頭，低聲道：「沒事……是我多心了吧。」

「唔？」

「沒有，剛剛一瞬間覺得好像……有『什麼』進來了。」

「不太……可能……」那個侍童眨眨眼睛，緩慢地道：「『通道』並不是誰都能輕易使用。而且，戴蒙陛下不是找人把『那個』換了地方嗎？殿下您多慮了。再說，小玎今天正好在外面巡視，有問題他會處理。」

「嗯，你說的沒錯。真是……」他用手撐著額頭，露出與年齡不符的苦惱表情，「我是因為最近太常被發現所以神經質起來了嗎？」

此時，一個白色毛茸茸的物體從門外走了進來。那是一隻像是從繪本裡走出來的兔子，一隻用雙腳走路的白兔。它穿著紅色的西裝背心，外面還套著一件燕尾服，脖子上甚至打上了蝴蝶結，而背後則有一個很大的發條緩慢轉動著。白兔的手上捧著一個大托盤，上面放著用保溫套蓋起來的茶壺與兩個茶杯，它一邊發出嘎吱嘎吱的發條轉動聲，一邊走向侍童。

「下午茶？謝謝你！」

侍童彎身從兔子手上接過托盤，將它放在大桌子上。交出托盤後發條兔子並沒有離開，而是抬頭看著侍童，黑色的眼睛透出求助的意思。

侍童一直到斟滿了兩杯茶，將保溫套套上茶壺時，才發現那個帶著乞求的視線，他一言不發地彎身將兔子抱了起來，將它後面的發條再次轉緊，再輕輕地放到地上。兔子轉了身朝兩人彎身鞠躬，接著蹦蹦跳跳地跑出去了。

它的動作靈活得不像是發條娃娃，但它背上的發條，的確緩慢轉動著。

「殿下，休息一下？大吉嶺？」侍童轉身看著主子，勸誘似的將茶杯往少年的方向推了推。

「好，幫我加兩顆糖。」

少年又將注意力放回了手中的厚書上，他的視線瀏覽過一行行的文字，最後拿起手邊的大印，蘸了蘸印泥，在頁面的右上方用力蓋下一個紅色的戳記。

◆◎◆◎◆◎◆

黎筱愛從一個很多書的空間，走進了——另一個更多書的空間。

「哇……賽……」

她抬頭看著面前一排排高聳的書架，忍不住發出驚嘆。像巨大骨牌一樣排在一起的書架以一種驚人的氣勢往前延伸至這條狹長走廊的盡頭，而兩邊的牆就跟前一個房間一樣是用書與書架砌成的。美麗的弧形拱頂繪著連續的心形圖案，與外面大堂地板上的圖案一模一樣。

「這裡實在……太棒了！」

她無法控制自己興奮的心情，在書架與書架間穿梭奔跑。

由於過世的父親是個旅遊作家，常來他們家走動的遠房表親也是個常常在外頭飛來飛去的人，所以黎筱愛從小就時常看見國外的建築、風景或是人文照片，也常常聽父親或表親講述國外的見聞。她原本以為自己看過的美景已經不少了，但也許是因為自己正身在其

中，現在這個神秘的圖書館迅速地成為她心裡不可動搖的第一名。

這麼多的書，還有這麼多放滿了書、整齊排列的巨大書櫃，光是一眼望過去就足以讓人感到震撼。雖然以採光來說，還是外面那個穹頂看起來更華麗，但這裡穩定的照明看起來卻更有圖書館的感覺。整個空間散發著一種古樸又莊嚴的味道，讓她想起父親給她看過的，那些歷史悠久的國外古老圖書館的照片。

黎筱愛非常新鮮地像是在逛博物館一樣，逛起了這個奇怪的地方。除了很多的巨大書架以外，走廊旁邊還一路放滿了玻璃展示櫃，裡面有各式各樣的物品。

骯髒的手帕、金色的別緻鈕釦、菸斗、鋼筆，甚至還有髮圈、或是已經開過的信封……看起來毫無章法，什麼都有，但卻都小心翼翼地被收藏著。黎筱愛覺得很奇怪。但這些東西底下沒有任何說明的牌子，她也看不出任何端倪。

黎筱愛就這樣慢慢看，沿著走廊一路走，偶爾好奇地抽出書牆上的書來翻。這些書都跟她在外面那個書牆上拿下來的書有著一樣的編排，她拿了幾本，越看越有意思。

雖然文字完全看不懂，但她卻發現那些開頭的小圖畫得很細緻，就算是同樣的東西，也會細心地畫出差異來。例如，她發現某本書裡面有兩隻小熊玩偶吊飾，但其中一個有蝴蝶結，另一個沒有，而且沒有蝴蝶結的那個還畫得有些舊舊髒髒的；比較舊的那個也擁有較長的篇幅，中間甚至還多還畫了一個小男孩的插圖。而最大的差異就是，舊的這個上面蓋了一個紅色的大章，就在頁面中間，而另一隻熊則沒有。

蓋章的到底是什麼意思？黎筱愛對比了半天依舊看不出端倪，她又翻了幾本，有些頁面有蓋章，有些沒有，她無法判斷蓋章的規律在哪。

「如果可以看得懂就好了。」黎筱愛不無可惜地道。

她把那幾本書塞了回去，望望走廊盡頭的棕色大門，打算去推推看能不能開，可以的話就進去看看。

而當她這麼想的時候，門發出了很輕微的喀擦一聲。

黎筱愛愣了一下，然後迅速地一閃身躲到書櫃後面。她屏住呼吸，聽見門打開的嘎吱聲，還有又關上時輕微的砰一聲。

有什麼進來了。沒有腳步聲，但是原本靜謐的空間裡多了很小的金屬摩擦聲，像什麼機械轉動的聲音。少女悄悄地從書架邊緣探出頭，看見了一隻兔子娃娃往她的方向一步一步地走過來。

黎筱愛驚愕地張開了嘴。

一個兔子絨毛娃娃？

在走路？

一看到對方只是隻兔子，她也不在乎被發現了，就那樣光明正大地盯著。兔子走了幾步忽然停了下來，它疑惑地四處張望，然後抬起頭，兩個黑溜的眼睛跟黎筱愛四目相接。

少女眨了眨眼。

兔子愣愣地回望著她。

「好厲害哦！」

黎筱愛忽然從書櫃後頭跳了出來，兔子玩偶像是被嚇到一般原地蹦了一下，然後立刻靈活地轉身，很快地用兩隻腳跑了起來。黎筱愛彎腰想抓它卻撲了個空，她立刻追了上去，兔子鑽回了剛剛跑出來的那道門裡頭，黎筱愛也跟著跑了過去。

「別跑！」

黎筱愛輕易地推開那扇門，門內是一個看起來像是休息室的房間，有著壁爐、似乎很柔軟的古典樣式的沙發，以及小茶几。牆依舊是由書砌成的，但數量比前面走廊的要少一些。但她現在對這個房間完全沒有興趣。

少女掃視了一圈，沒在角落發現兔子的影子，但此時她眼尖地察覺斜前方有東西在動，仔細一看，那隻兔子又從另一扇門鑽出去了。

「呀！等等！」

她邁開大步穿過房間，三兩下追了上去，門後面的寬闊長廊跟剛才的走廊非常相似，都放滿了書架與展示櫃，兔子白乎乎的身影閃進了高大的書櫃後頭，黎筱愛馬上快步追了上去。

這兔子好厲害！少女想著。

明明是發條驅動的，可是卻這麼靈活，現在的玩具已經做得這麼先進了嗎？還是說那個發條只是裝飾，它裡面有其他的機關？

黎筱愛腦子裡閃過各式各樣的推測，最後打定主意一定要抓到它好好研究一下。

兔子小小的身影在書架間靈活地竄來竄去，黎筱愛好幾次要抓到卻又被它溜了。他們在這條走廊上竄下跳，在兩條長廊與一個房間之間來回追逐著跑。不知追了多久，黎筱愛有些上氣不接下氣，而那隻兔子的動作似乎也沒有一開始這麼靈活了，它奔跑的速度慢了下來，黎筱愛忍不住想起了某個電池廣告的兔子。

不過這對她來說，倒是個好消息。

「這次抓到你了！」

就在兔子又想要拐進書櫃間狹窄的走道時，黎筱愛猛地往前一撲，一把揪住了它的衣角，然後伸手一拎，白兔就在懷裡了。

似乎沒料到她竟會忽然來這一下，白兔整個僵住了，黎筱愛坐在地上喘了一會，抱著手裡的玩偶東捏西捏，當她把兔子捧到眼前時，那隻白兔竟然簌簌發起抖來。

「好厲害，還會發抖！」她驚訝地喊了一聲，接著把手中不停顫抖的兔子翻來覆去地察看。捏捏它又毛又軟的肚子、掀開手工精緻的小燕尾服、搓搓毛茸茸的耳朵。

「奇怪，怎麼摸不到骨架之類的？」她用力捏了捏兔子玩偶的手，只覺得捏到軟軟的棉花，「明明這麼靈活，怎麼可能裡面會沒有骨架呢？」

正在專心玩弄手上兔子的黎筱愛並沒有注意到，原本只有一個的發條轉動聲，慢慢地變多了。

「好奇怪啊，裡面到底是什麼機關，只能拆開來看了嗎？」黎筱愛嘟囔著，手中的兔子抖了好大一下，接著大動作掙扎起來。黎筱愛一個沒抓好就讓它從手中掉了下去。

「欸！等一……」

兔子一溜煙鑽過她的腳邊朝後面衝去，少女轉身想把它抓回來，但卻看見那隻兔子衝進了……

一堆兔子裡面。

「咦？」

黎筱愛的動作暫時停住了。眼前站著一整群至少有二、三十隻，跟剛剛被自己捏來捏去的那隻兔子長得一模一樣的玩偶，每一隻都抬頭望著她。

從少女的魔掌中逃走的那隻兔子鑽進去後迅速跑到群體的後面，一下子隱沒在一模一樣的同伴中，少女一眨眼就完全分不出來到底是哪一隻了。

「嗯，你們好？」

她下意識地後退，明明只是一群兔子玩偶，黎筱愛卻覺得它們似乎散發出一股莫名的威壓感。而她退一步，兔子們就前進一步，發條轉動聲錯落有致地響著，原本是很微小的聲音，但一下子這麼多重疊起來，也變得有些刺耳。

「欸……」

黎筱愛迅速爬了起來，慢慢地往後退。她轉動視線望著兩旁延伸出的走道，跟兔子群互瞪了幾秒後，忽地轉身往其中一個方向狂奔起來。後面的兔子軍團也立刻追了上去，毛茸茸的腳在地上跑的時候發出細細的摩擦聲，原本聽起來應該很可愛，但黎筱愛現在完全沒有心情去想那些事情。

她竟然，在一個陌生的圖書館，被一群兔子玩偶追著跑！

這說出去誰會相信啊！

被什麼東西追著明明就應該是很恐怖的一件事，但黎筱愛不只覺得害怕，也同時覺得荒謬又滑稽。她不時回頭看，發現兔子們離她越來越近。

「咿！這些裝發條的東西也跑得太快了一點！」

得拖慢它們的速度。少女觀察了一下四周，忽然有了主意。

她拐彎衝進了兩座書架中間，兔子們也很聰明地立刻兵分兩路前後堵她。黎筱愛哼了一聲，深吸了口氣，然後猛地朝兔子們繞路過來的那一側書架用力推了一下。

巨大的書架發出悶悶的砰聲，不穩地搖晃，黎筱愛抓住那個搖晃的幅度又推了一次，書架搖得更明顯了，放在上層的書紛紛往下掉，砰砰地落在地上，揚起些許灰塵。

原想從後面繞過去抓她的兔子們好些躲避不及被掉落的書埋個正著，而來追黎筱愛的兔子們則好像忽然傻了，它們停下了腳步，往書掉下來的方向望去，有好幾隻已經跑過去了，剩下的則看看少女又看看書架，明顯不知道該怎麼辦才好。

「嘿！」

黎筱愛又撞了一次。

書架終於往前傾倒，大量的書掉了下來。而且更可怕的是，由於這些書架排得像骨牌一樣，於是倒下去時也就像骨牌一樣，倒了一座，後頭便連倒好幾座——巨大沉重的碰撞聲和書掉在地上的聲音迴盪在空間裡面，同時空氣中立刻揚起了大量的灰塵。

兔子們已經完全傻掉了，而黎筱愛眼見自己創造出來的破綻奏效，也沒心情欣賞書架骨牌秀，立刻朝著剛剛計畫好的方向跑去——那是走廊牆邊的幾扇門之一。

少女衝到門前，滿心祈禱著用力壓下手把。

——沒鎖！

她大喜過望，推開門衝了進去，接著迅速且用力地將門關上。

巨大的「砰！」一聲迴響在安靜的空間內，黎筱愛背抵著門大口喘著氣，她感覺到有一些回過神來想抓她的兔子好像在撞門，門一下一下很細微的震動著，但靠在她手肘邊的門把使終沒有被轉動。

——那些兔子的身高應該搆不到這個門把，而且它們也很輕，應該也撞不開吧。

黎筱愛心裡怦咚怦咚擂鼓似的跳著，不知道過了多久，門另一邊的動靜越來越小，最終完全安靜了下來。原本隔著一扇門也能聽見的發條轉動聲漸漸沒有了。

走了？

她一邊喘一邊想，慢慢靠著門板滑坐在地上。

「呼……呼……哈……」

黎筱愛又喘了好一會才慢慢平復了呼吸。剛剛實在太緊張了，現在危機暫時解除，她覺得全身都癱軟了下來。

「那些……兔子……到底是什麼……」

她一邊喃喃自語著，一邊環視著自己闖進來的這個房間。這裡的光線比剛剛那間要陰暗一些，也比剛才那間要小一些，高大的書架只擺了兩排，左右延伸各六座，總共十二座書架。

雖然這裡的書架比較少，但不知為何黎筱愛卻覺得這個房間散發出來的氣氛，比剛剛那間要壓抑很多，她剛衝進來時只想著要躲開那群兔子，完全沒有發現這個房間的異狀，但稍微放鬆下來的現在，那明顯的異樣氛圍立刻包圍了她。

黎筱愛左右看了一下，明明就是一個新的房間，卻沒什麼想逛的念頭，她甚至在想，要是那些兔子走了，她要不要回到剛才那個大房間去，然後試著找路回家。

對啊，找路回家。

興奮感完全被剛才的追逐與這個房間的異樣消除的現在，她才意識到一個很嚴重的問題——

這個看起來像圖書館的地方到底是哪裡？她是怎麼進來的？她還能透過那條黑暗的走廊走回S大圖書館嗎？

「唔，總之先回去吧！」

她做了個深呼吸穩定一下心情，然後壓下門把。

「咦？」

黎筱愛愣住了。

原本很輕易就能壓下去的門把紋絲不動，她用力壓了幾下，只發出卡住的喀喀聲。

「鎖住了？什麼時候？」

少女慌張地又壓了幾下，依舊徒勞無功，她轉身想找找看還有沒有別的出入口，但卻發現在走道的對面，隔著兩座書櫃，有一個不知何時出現的人影站在那裡。

「咿！」

黎筱愛被這忽然出現的人嚇得心臟都快要從嘴裡跳出來了。她驚恐地喘了一口氣，仔細打量著那個忽然出現的「人」。

來人看不出性別，年紀並不大，似乎只有八、九歲。他頭上戴著一頂有點像從中間橫劈開的南瓜般的帽子，留著像香菇似的短髮，穿著暗紅色的長外套，下襬撐開成A字，說是外套，但又有點像洋裝，邊緣還裝飾著金線。他一動也不動地站在那裡，直勾勾地望著黎筱愛。

「那個，我……」黎筱愛試著跟他搭話。不知為何，她覺得這個人的眼神雖然沒有散發出善意，但好像也沒有惡意。

「我迷路了，請問這裡是什麼地方？我要怎麼出去？」

黎筱愛一步一步緩緩地靠近那個人，她盯著對方的眼睛，始終沒有移開。而對於她的靠近，那個孩子既沒有迎上去，也沒有後退，只是站在原地一言不發的望著她。

「……嗯……那個……」

見對方沒有反應，黎筱愛想再把自己的問題敘述一次，卻忽然看見他的手動了——那人將手舉了起來，黎筱愛這時才赫然發現，他手中握著一柄劍。

「！」

他有武器！？

黎筱愛嚇了一跳，反射性地轉身想跑，卻猛地被絆倒，然後摔在一團柔軟的東西上面。

「什、什麼……嗚哇！你們什麼時候……」

黎筱愛這時才發現那群兔子不知何時又出現了，而且數量還比剛才更多。它們接住了摔倒的她，然後拿起剛剛用來絆倒她的繩子，迅速地把她捆了個結實。

「咦？咦咦咦？」

——這是什麼展開！這個人和這些奇怪的兔子是一夥的？！

黎筱愛還沒來得及細想就被兔子們像扛戰利品似的扛了起來，而那個孩子則走到了兔子們的前面，回頭看了一眼不斷扭動想掙脫繩子的少女，舉起手中的劍做了個「跟我來」的動作，領著兔子們往前走。

「喂，你們到底要帶我去哪裡？喂！」

黎筱愛慌張地扭來扭去，但繩子捆得非常緊，她不管怎麼動都掙脫不開。

「去見殿下。」

走在最前面的那個人頭也不回地說了這一句話，然後再也沒有開口。

「殿、殿下？」

——王子？公主？我們國家有這種東西嗎？

少女帶著滿腹疑問，忐忑不安地被扛出了這個房間。

◆◎◆◎◆◎◆

「結果還真的有人跑進來了！而且還隨便翻閱『紀錄』！而且！而且！她還弄倒了書架！以往都沒有這種情況啊！」

白髮少年煩躁地在房間裡踱步。

「為什麼防衛系統沒有第一時間通報？這個入侵者到底是何方神聖？不是『鏡之國』的人卻能不聲不響的進來，而且還能觸摸到『紀錄』，這根本是以前沒有發生過的事情！這種事為什麼偏偏在女王離開的時候……」

「……」侍童模樣的人看著自家的殿下走來走去，好一會才慢慢地說：「沒關係啦！小玎抓到了。」

「有關係！天啊，那些『紀錄』要整理多久！」

想起兔子們回報的狀況，少年痛苦地摀住了臉。

侍童默默地端起茶杯，正要入口時他的動作忽然停住了。他眨了眨眼，轉了下眼珠，像是仔細在聽著什麼。接著他點點頭，放下茶杯，對著還在來回踱步的主子道：「殿下，人帶來了。」

「哦！讓……啊，等等。」

原本想開口叫人進來，但他才剛說了一個字就忽然想到什麼似的，急匆匆跑到放在一邊的立鏡前，整理了一下自己的帽子和衣服。

就算對方是侵入者，現在還是在圖書館搗亂的犯人，他也不能失了禮數。少年從小就接受良好的禮儀教養，服裝儀容整齊合宜，只不過是最基本的要求。待他確認衣裝沒有一絲問題後，才跟侍童點點頭，說道：「好，讓他們進來。」

侍童頷首，接著微微低下頭，將視線往下移，小聲地自言自語：「進來吧，小玎。」

遠遠地很快傳來了很多柔軟的東西在地上摩擦的、悉悉窣窣的聲音，夾雜著單一的腳步聲，以及一個少女的說話聲。

「你們那個殿下幾歲啊？是王子還是公主？啊還是別的？什麼國家啊？他會對我怎麼樣嗎？」

「……」

少年的臉部肌肉很明顯地抽動了一下。

「喂你們好歹跟我說一下啊，不要都不講話啊！那個，書架如果你們不追我的話我也不會推它呀。」

指揮兔子把黎筱愛綁起來的孩子率先走了進來，看來他就是侍童所說的小玎。他拿下帽子，對兔耳少年彎身鞠躬行禮，「殿下。」

「辛苦了。」

少年向他點點頭。

小玎抬起頭，往後望了一眼站在桌子右邊的那個侍童，後者也剛好望向他。就像照鏡子一樣，這兩人有著一樣的臉、一樣的髮型、一樣的穿著打扮，唯一的差別是小玎手中有劍，而侍童手中沒有；不過，侍童後面的牆邊靠著一柄跟那把劍有著相似設計的長槍，所以也不難想像他的武器到底是什麼。

小玎自然地走到桌子的左邊轉身站定，兩個一模一樣的人就這樣分別站在巨大的辦公桌兩側，看起來有種奇異的對稱感。

兔子們很快就把黎筱愛抬了進來，然後讓她落地站好。被捆得像個麻花似的黎筱愛從背後被推著站起來時還因為重心不穩，有些踉蹌，不過搖晃了一下後總算是站住了。

她四處張望了一下這個新的房間。這裡看起來跟那個休息室一樣的房間差不多大，整體的裝潢擺設走歐式古典的風格；牆壁不是書櫃了，是一般的牆，上頭貼著古典花紋的壁紙；天花板的四個角落有著美麗的金色浮雕裝飾，幾個木製的大書櫃擺在牆邊，書櫃前放著一組沙發和長形的茶几。在掛著絲質窗簾的窗口前放著一個很大的辦公桌和一張椅子，辦公桌上堆疊著書本以及紙張、墨水等，還有一本書正攤開。

看完了房間後，黎筱愛這才把視線移到在她面前站著的白髮少年。而在那瞬間，少女驚訝地瞪大了眼睛。

——哇哦！

——這個人好漂亮！

她忍不住想。

白髮少年有著高挺的鼻子，以及比一般東方人稍微深一些，卻又沒有真正的外國人那麼深的眉眼輪廓；形狀美好的嘴唇粉嫩潤澤，雖然嚴肅地抿著，但看起來還是很柔軟。少年頭上戴著一頂黑色的高禮帽，穿著整套的三件式燕尾服，搭配的不是西裝褲而是至膝下的七分褲，長襪上面還有一條很少見的襪帶繫著，黑色的皮鞋光亮沒有一絲灰塵。

這整套行頭再配上那頭微捲但看起來卻很有光澤的白髮，與紅寶石般透亮的眼睛，讓他看起來一點都不像是真人，反倒像是個精緻的陶瓷娃娃。

「我是鏡之國的紅心王國第七十五代王儲。」少年開口了，他拿下禮帽，向黎筱愛稍微欠身行禮，「目前是這個遺忘之物圖書館的代理管理人，名叫拉比．雷德哈特。」

咦？

雖然在別人自我介紹時走神很失禮，但黎筱愛還是被一瞬間閃入視線裡的，某個「不該存在」的東西吸引了注意力。

他頭上那是什麼？

兔耳嗎？

然而，少女還沒來得及看清楚，拉比就把帽子重新戴了回去，並像個沒事人似的問道：「能請問如何稱呼妳嗎？」

——意外的很有禮貌，但他很明顯不想讓我問耳朵的問題……

黎筱愛試著淑女地就著被綁起來的姿態也朝他鞠躬回禮，並自我介紹：「你、你好，我姓黎，黎明的那個黎。名字黎筱愛，朋友都叫我小愛。」

「小愛？」

「嗯，小愛。呃，有什麼問題嗎？」

「嗯，沒事。」拉比臉上雖然閃過一絲疑惑的表情，但也僅是一瞬。他直起身子望著她，清了清喉嚨又問：「黎筱愛小姐，請問妳是怎麼到這裡來的？」

「呃……我推開門走進來的？。」

「……容我換一個方式問。請問妳在到這裡來之前，做了什麼事？」

「我……」黎筱愛把眼珠轉向一邊，決定略過自己跟蹤了一個人這件事，「我在S大的圖書館看到一面鏡子，鏡子裡有扇門，推開之後看到一條很大很黑的走廊，然後……」

「妳說妳……」拉比驚訝地打斷她，「推開鏡子裡的門，進來的？」

「啊，我、我沒有在騙人喔！」黎筱愛看他似乎不信，連忙解釋：「我真的把手穿過鏡子推開了裡面的門！就好像鏡面不存在一樣！」

「這不可能啊！」拉比皺了皺眉，低聲的自言自語，暫時沉默了下來，似乎在思考著什麼。

黎筱愛看著他的臉，越發覺得有些熟悉。

——我是不是在哪裡看過他啊？

少女努力地回想。

——跟「那個誰」給我看的他兒子的照片好像啊？

「算了，這件事等一下再說。」王儲再次抬起頭，嚴肅地看著少女，「黎筱愛小姐，妳知道妳剛才做了什麼事嗎？」

——啊，重頭戲來了。果然要追究這件事情嗎？

「嗯，我……」黎筱愛的眼神心虛地飄來飄去，「我推倒了很多書架。」

「妳知道那些書架……」

拉比皺起眉頭滔滔不絕地說了很多，而黎筱愛則大部分都沒聽進去，只是專注地盯著他看。

真的很像。

不對，應該說，如果把髮色和眼睛的顏色換一下，根本就是同一個人啊？

「……如果被不相干的人碰了可能會產生混亂！哼嗯！不好意思，黎筱愛小姐，請問妳有在聽嗎？」

拉比講到一半才發現黎筱愛在神遊，他有些惱怒，又刻意輕咳了一聲試著拉回少女的注意力。

「啊，呃，抱歉，我剛剛在想事情。」黎筱愛乾脆地道歉了，然後在拉比還沒再次開始說教前搶先一步問道：「可以先讓我問一個問題嗎？你認識白寧舞這個人嗎？」

聽見這個名字的瞬間，原本正好要說什麼的拉比一下子愣住了，他半張著嘴，表情看起來非常驚訝；就連站在後面一直沒什麼表情的雙胞胎，都露出了有些驚愕的神情。

少年與少女就這樣無聲對望了好幾秒，王儲這才終於回過神，結結巴巴地道：「妳說，白寧舞？」

「你認識嗎？」黎筱愛說，「因為我剛剛一直覺得你長得好像誰啊，就想起了我前陣子看過一張跟你長得很像的照片，那是我一個很熟的阿姨的兒子。」

「妳說妳跟白寧舞很熟！？」

拉比忍不住往前一步，激動地抓住了黎筱愛的手，「真的嗎？」

「咦，呃……」小愛被他的反應嚇了一跳，愣愣地說：「寧舞姨她是我媽媽的好朋友，昨天就住我家裡。」

「那她現在人還在妳家嗎！」

王儲又逼進了一些，少女忍不住微微往後彎腰，心想：啊，這張臉近看也很好看呢，零距離美人，睫毛好長……啊啊不對，現在不是想這些的時候。

「不，她早上就離開了，說是要去趕飛機。」黎筱愛成實地回答。

「嘖！該死……啊，咳，嗯。」

聽到這個消息，一直都還算斯文有禮的王儲忽然粗魯地嘖了一聲，但立刻又意識到自己的行為不得體，連忙假咳了一下，裝作沒事地往旁邊望去。看著他紅起來的耳垂，黎筱愛想笑又不敢笑，只好偷偷掐了大腿一下讓自己忍著。

「那個，王儲殿下，你還沒回答我的問題，你跟白寧舞？」

拉比看了她一眼，努力收拾起多餘的情緒，試著恢復原本有禮又有些冰冷的樣子。少年站直身子，微微抬高了下巴，道：「白寧舞是我的母后，也是目前紅心王國的紅心女王，掌管遺忘之物圖書館的正式管理者。」

他頓了頓，然後有些咬牙切齒地追加了一句。

「目前，離家出走中。」

第二章　這件事要如何收場。

For it might end, you know.

那是發生在昨天的事。

黎筱愛是在放學回家去超市的時候遇上白寧舞的。

黎筱愛的家是單親家庭。父親在五年前因工作意外而過世後，就剩下她與母親兩人相依為命。以前父親還在時都是父親負責下廚，父親過世後，黎筱愛吃了兩餐母親做的飯，就自告奮勇決定分擔起一半的伙食。

「吶、輪到老媽妳做晚飯的時候，妳就別做了，去外頭買回來就好。」

她還記得當時自己用認真的口氣抓著母親的肩膀這樣說。

那兩餐飯簡直是無法形容的難吃。能做成那樣根本就是一種才能。當時才小學五年級的黎筱愛忽然明白了，為什麼父親在她很小的時候就帶著她在廚房玩樂，偶爾讓她幫忙切菜或是調味，還教導她很多關於料理的手法與知識。

原來是因為媽媽做的飯菜根本不能吃。

意識到這一點時，黎筱愛覺得自己又更愛過世的父親了。

正當她一邊想著這些無關緊要的事情，一邊把要買的東西放進提籃時，後頭忽然有人喊了她一聲。

「小愛？」

黎筱愛回過頭，看見一個女人站在自己身後，帶著不確定與疑惑問道：「是小愛嗎？黎筱愛？」

那是個漂亮的女人。她穿著張揚卻很適合她的紅色洋裝，波浪捲的長髮披在肩上，揹著一個黑色的小皮包。兩人對望了好一陣子，然後黎筱愛瞪大了眼睛，發出「啊」的一聲。

「寧舞姨！是寧舞姨嗎？」

白寧舞——母親的好閨密，也是黎家的常客，黎筱愛很小的時候就認識白寧舞了。她是個漂亮又親切，而且很開朗的一位女性，跟母親父親的關係都很好，黎筱愛也很喜歡這位會帶來有趣又漂亮的小禮物、對自己很好的阿姨。

但後來不知怎的，白寧舞漸漸地很少出現了，向母親問起來，母親也只是說她去國外工作了，似乎很忙。時間一久，黎筱愛的印象也就慢慢淡了，再加上白寧舞換了個髮型，她剛剛一瞬間還沒認出來，過了半晌才將那熟悉的五官與記憶裡的「寧舞姨」重合上去。

「真的是小愛！」女人笑開了，走過去給了她一個擁抱，「真是好久不見！天啊妳長大了！差點就認不出來了！」

「嘿嘿。」黎筱愛用沒拿籃子的那隻手也抱了抱白寧舞，「寧舞姨怎麼會在這裡？我聽媽媽說妳在國外工作，很難得才能回來啊？放假？」

「對！放假！我給自己放假！」

白寧舞笑著拍了拍她，「我正想著要帶點什麼東西去找妳媽呢，結果就在這裡看到妳了。買晚飯？」

「差不多。」黎筱愛拎起手上的提籃晃了晃，「買點菜回去做晚飯。爸爸過世之後就是我跟媽兩人輪流負責晚飯了，昨天晚上她很高興的點了菜，有些材料家裡沒了，我來補點貨。」

「小丫頭都會做飯了。」白寧舞感嘆地道：「我運氣也真好，在妳負責做飯的日子去妳家，萬一遇上妳媽做飯的日子……」

「我不會讓她進廚房的，除了煮泡麵。」黎筱愛堅定地說，「我都跟媽說從外面買回來就好，不勞煩她老人家動鍋鏟。」

兩人對看了一會，然後為這話背後代表的意義同時笑了出來。

「哈哈哈……妳懂！看來妳有吃過妳娘的虧！」白寧舞笑得眼淚都出來了。

「別提了寧舞姨，那真是讓人不想回憶的兩餐飯。」黎筱愛假意地擦去眼淚，「啊，我快要買完了，我們一起回家吧？媽會很高興的。」

「當然好啊，走吧。」

幫女兒開門卻發現門口站著的不只女兒，還有許久不見的老友後，許襄華一下子都愣了。而反應過來之後，就是興奮又激動地拉著朋友進了家門。

黎筱愛放下書包後就進了廚房，熟練地做了幾道拿手的菜，三人邊吃邊聊天，許久未曾有的熱鬧氣氛讓黎筱愛暫時忘記了自己原本心心念念著的圖書館鏡子幽靈。

雖然自己與母親感情很好，吃飯時也會吃吃聊聊的，不過多一個人還是差很多啊……黎筱愛邊喝著可樂邊想，覺得今天能遇到白寧舞，實在是太好了。

「小愛真的長大了呢～」

白寧舞用手撐著下巴，瞇起眼睛望著她，「小時候就很可愛了，現在看起來更漂亮了，完全遺傳了妳爸跟妳媽的優點。是不是啊襄華？」

「那是，也不看看是誰生的，我的肚子可是很厲害的。」

許襄華得意地挺了挺胸，黎筱愛忍不住又大笑了起來。

留著一頭及肩長髮的黎筱愛，其實不算是第一眼就讓人驚為天人的美人。但白寧舞說的沒錯，她的確同時遺傳了母親與父親的優點。

一雙靈動的大眼睛，眼角微微地上挑，鼻梁挺直，嘴唇豐潤，笑起來還有兩個深深的酒窩。美若天仙說不上，但她長了一張很有精神而且討人喜歡的長相，再加上同樣討人喜歡的開朗個性，這讓黎筱愛在學校的人緣相當好。

「拜託，我的肚子也很厲害，妳要不要看我兒子的照片？嗯？」

「妳兒子！妳什麼時候生了個兒子！？」許襄華露出驚詫的表情，「我竟然連妳生了個兒子都不知道？該給我的紅蛋和油飯呢！妳以為這樣就能賴掉嗎！」

「呃，嗯……」白寧舞眼睛轉了一圈，表情有些奇怪，好像這件事她不小心說溜了嘴，正想辦法補救，「反正就是生了！哎呀我在國外生的！沒來得及請滿月酒嘛！而且小愛的油飯我也沒有吃到啊，就當是兩免了。別說了，來來來，我開我兒子的照片給妳們看。」

她說著就轉身開了包包把手機掏出來，黎筱愛和許襄華好奇地湊了上去。

寧舞姨的兒子？既然連母親都是今天第一次聽見這件事，黎筱愛自然不可能知道了。她很好奇這樣漂亮的白寧舞生出來的兒子會長什麼樣，應該也是個可愛的小帥哥吧？

「呃……這張不行，這張……不行，這張……很可愛但是不行。嗯……」

白寧舞的手指飛快地滑動著照片，黎筱愛母女倆愣是只看見殘影，還沒看清楚就咻地滑過去了。

「我說寧舞妳幹嘛滑這麼快啊，不都是妳兒子嗎？照片還要挑三揀四的？」許襄華嘟囔著。

「當然都是我兒子，不過……哎呀有了，妳看，小學畢業時我幫他拍的！超可愛！」

白寧舞終於滑到滿意的照片了，她將手機轉了個方向放在桌上，黎筱愛與母親同時湊了過去。

——哇喔！

黎筱愛忍不住在心裡驚呼了一聲。

那是個很漂亮的少年。皮膚白皙，五官精雕細琢如同娃娃一般，睫毛長得讓黎筱愛也忍不住偷偷嫉妒了一下。少年穿著領子很長的水手服長上衣，一邊的領子上別著圓形的漂亮襟章，手中拿著一個像是裝著畢業證書的紅色短筒。他沒有笑，表情看起來像是沒料到會被拍這張照片似的，有些驚訝又有些窘迫，但這並不折損他的美貌，依舊是個美少年。

「很帥吧！」白寧舞神氣地說。

「嗯，比起帥這個字——」許襄華抬頭看自己的閨密，「好像應該用美來形容。他不是妳生的吧？」

「什麼話！沒禮貌！明明就是人家懷胎十月生的！」白寧舞炸毛了，「就只有妳能生個漂亮女兒，我不能生個漂亮的兒子嗎！」

「啊好好好，妳生的妳生的，我錯了我錯了。」許襄華露出「是是是真受不了妳」的表情，「還有其他照片吧？多看幾張……」

她說著就伸手想把照片往旁邊滑，但白寧舞立刻動作很快地伸手把手機拿了過去。

「哎別看了，其他的都拍壞了！」她道，「等我下次再拍幾張給妳們看！」

「太小氣了！」

「囉唆！欸，妳不是說有個妳之前的作者送了妳一盒進口的餅乾？快去拿來看看好不好吃啊！」

白寧舞轉移了話題，許襄華又露出了一副「真受不了」的表情。

「妳這個吃貨，就知道吃。我去拿，妳們等一下啊～」

說著，母親就離開了座位，去房間拿東西。黎筱愛看到白寧舞露出鬆了口氣的表情，然後將手機收回包裡。

到底為什麼要這麼小心？

黎筱愛非常好奇也很在意，但看看白寧舞的態度，擺明了就是不想提，她也只能硬生生壓下自己的好奇心，告誡自己那是人家的私事，不可多問。

餅乾的味道相當對得起它的價格，用料實在，十分好吃。三人吃吃聊聊，抬頭一看才發現時間已經很晚了。許襄華留好友住一晚，白寧舞也欣然應允。

黎筱愛開心地去客房替她的寧舞姨整理床鋪，就在她從衣櫃裡把被子抱出來時，白寧舞剛好走了進來。

「啊，正好，寧舞姨，妳要薄毯子還是薄被子？」她問，「這季節應該已經不冷了，但晚上還是有點涼，還是說我都放著？」

「薄被子就好，我不怕冷。」白寧舞笑著，「小愛，姨有個禮物要給妳。」

「啊？」

「妳看看，喜不喜歡？」

白寧舞打開包包，拿出了一個小盒子塞進黎筱愛手中。

少女放下被子，打開精緻的盒子，看見一枚髮夾躺在絲絨的底襯上。髮夾是黎筱愛曾經在商店裡看過的日式裝飾風格，整體設計是一個紅色的愛心形，下面垂著兩條短短的修剪成燕尾形狀的飾帶。髮夾的邊緣用耀眼的小碎鑽圍了一圈，中間則是黑色的，上頭裝飾了一支極其精巧的金色小鑰匙，還鑲著一個閃閃發光的紅色心形寶石。

「哇，這個……」黎筱愛愣愣地看著華麗的髮飾，又抬頭看了看白寧舞，將盒子塞回她手上，「這、這個不行啦，看起來好貴喔。」

「沒關係沒關係，拿著拿著。」白寧舞把盒子又塞進黎筱愛手裡，「其實呢，這原本是我的東西，但因為小愛很可愛，所以我想給妳。」

「呃，但是……」黎筱愛忍不住又看了髮夾一眼。那的確是很可愛又漂亮的小裝飾，她其實很喜歡，但想起母親教過她不能隨便收別人的東西，她顯得有些為難。

「這樣吧，妳就當幫我收著好不好？姨明天其實就要出國去玩了，因為一些原因我不能帶著這個一起去，妳就當作幫姨的忙收下它好不好？妳看，雖然它有點太花俏了不適合戴著上學，但是也可以像這樣別在書包上……」白寧舞邊說邊把髮飾別在少女胸前，讚道：「看，很可愛不是嗎～」

黎筱愛低頭看著自己胸前的髮飾，這樣華麗的裝飾別在有些舊了的樸素睡衣上其實有點滑稽，但她還是動搖了。

——真的很可愛，而且我一直想要一個這種類型的髮夾，還想說下次逛街時要看看有沒有呢……

少女心中天人交戰。

「好嘛～小愛～」

眼看她遲遲沒有收下，白寧舞最後竟然跟少女撒起嬌來了。明明是個豔麗的成年女

Heart

子，軟言軟語起來卻有種與年齡不符的可愛感，「好嘛～拿著嘛～」

「好、好吧……」

黎筱愛最終還是把那個別針小心地拿下來放進盒子裡，然後寶貴地捧在掌心。

「那、那就……謝謝姨！」

「呵呵呵。」白寧舞坐在床上，伸手用力在黎筱愛頭上搓揉了一陣，「明天就戴著出門吧，到學校再拿下來？」

「好！」

黎筱愛興奮地點頭，握著盒子的手竟然有些微微顫抖。她又向白寧舞道謝了一次，然後踩著小跳步跑出門。

白寧舞笑著看她走出去，然後舒了口氣，砰地往後仰躺在床上。

「嗯……雖然我就這樣跑了，不過這東西還是留在這裡，就沒有問題了吧……」她望著天花板自言自語著。

「不對！我都已經放假了！為什麼還要想工作會不會出問題！不行不行，白寧舞妳都已經留封信偷跑出來了，就要放假放個夠本再說。對！我要放假！我要在這個世界多轉幾圈再回去，嗯嗯兔米絕對會搞定的，我才不需要擔心呢，他早就已經做得比我好了。」

白寧舞閉上眼睛，將雙手放在太陽穴旁邊，皺著眉頭像是在對自己催眠似的喃喃自語：「度假！度假！度假！度假！工作閃邊！閃邊！閃邊！閃邊！」

最終她又呼了口長氣，然後翻身在床上坐起來，伸手在被她甩到一旁的包包裡摸啊摸的，摸出了手機，點開了照片。望著照片上的男孩，白寧舞露出了淘氣的笑容，在螢幕上親了一下。

「要加油啊，我的小王子。你媽要去度假啦～」

◆◎◆◎◆◎◆

「啊，所以，原來寧舞姨所謂的『在國外工作』，就是在這裡？」黎筱愛驚訝地說。

難怪白寧舞講話時總是有些遮遮掩掩的……這麼奇妙的「大家」，她甚至還成了女王，這事情說出來大概很難讓人相信吧？所以她才什麼都不想說。

「是的，母后跟父王成婚後，就依照傳統接任了圖書館的管理者與實際掌權的女王，而父王則退居幕後幫忙處理政務。」

拉比點點頭，黎筱愛盯著那頂帽子，一直期待著他能不能把帽子拿下來，或是它會不會自己掉下來，她對那一閃而逝的兔耳朵實在感到由衷地好奇。

在黎筱愛報出女王的名號之後，就算闖了再大的禍，拉比也不能再把她當成侵入者或犯人對待。雙胞胎侍童幫她解開了繩子，拉比領著她到了隔壁用來招待客人以及休憩的房間，溫熱的紅茶和點心很快送了上來。

「之前母親的確有提過，好友的女兒叫『小愛』，不過我也從沒見過。話說回來，妳是如何認出我是女王陛下的兒子？」

拉比端起茶杯淺淺地嚐了一口。他的坐姿端正挺直，自然而然散發出一股貴族般的優雅。這讓平常有些大剌剌的黎筱愛也不好意思太隨便，忍不住跟著正襟危坐起來。

「昨天晚上她有翻照片給我們看過，不過照片裡的你是黑髮，所以我一直不太確定，但真的很像，就試著問問。」

「這樣啊。」

「為什麼現在是白的呀？」

「……黑髮只是偽裝。」拉比沉默了會，似乎不太想說，「我不能頂著這副模樣在『外面』，也就是你們那邊出現。這髮色太顯眼了不是嗎？」

「咦！你會到我們那個世界去嗎！」黎筱愛不知為何顯得有些興奮，「所以，傳聞中的鏡子幽靈果然就是你嗎！可是你在外面是黑髮，為什麼會有人說看到白髮的少年啊？」

拉比猛地被紅茶嗆了一下，他側過頭去咳了幾聲。站在旁邊，不確定是玎還是瑲的侍童遞給了他一塊小方巾——黎筱愛終於在兩人自我介紹後也知道了他們的名字。

「之後不會再看到了。我會加強『干擾』。」拉比恨恨地說：「之前明明就沒有出過問題，一定又是母親的惡作劇！」

「惡作劇？」

「是的。母親她比較……」少年謹慎地選擇著措辭，「童心未泯。常常會開一些無傷大雅的小玩笑。我在外頭走動時會盡量降低自己的存在感，一般狀態下應該是不會發現我的，但前兩天我才發現入口的鏡子被動了點手腳，削弱了『干擾』的效果，所以請戴蒙陛下先想辦法把鏡子搬到比較不招人注意的地方，再補強上面的干擾效果，免得節外生枝。」

「戴蒙？」出現了新的人名，黎筱愛眨眨眼，好奇地望著他。

「就是方塊國王。」

「管理執念的國王？」

「是的。他也同時負責我們跟『現實』世界的所有事務。」

「哦……」

黎筱愛點點頭。難怪鏡子會被搬走了，原來是這個原因。

剛才拉比稍微跟她介紹了一下這個世界。

鏡之國，存在於在鏡子映照出來的那一邊，依存在黎筱愛所生活的「現實」世界背後的一個奇妙國度。

在鏡之國裡又分別存在著四個國家，分別對應撲克牌的四個花色——紅心、黑桃、方塊、梅花。這四個國家最重要的功用，就是管理正常現實世界裡，人類活動產生的四種「副產物」，利用它們產生的能量來維持鏡之國世界的運行。

那四種副產物分別對應四個花色，四個花色又擁有並管理著四個機構。他們分別是：

紅心王國的「遺落之物圖書館」。

黑桃王國的「死後怨念博物館」。

方塊王國的「生之執念管理協會」。

黑梅王國的「夢想之城」。

每個機構都由一名國王或女王管理，他們的身邊會有一位「王牌」來輔佐。拉比身邊的「王牌」就是雙胞胎玎與璫，是在鏡之國歷史上也相當少見的二人組「王牌」。

每個機構處理的副產物都不同，處理的方式也大有分別。例如管理「死後怨念」的黑桃就需要強大的戰力，他們必須與危險的怨念戰鬥並將之制服、封印，而方塊王國的「生之執念」則是因為對象龐大，所以國王的下屬非常多，每天都忙得不可開交。

相比起來，「遺落之物圖書館」是相對平和而且閒散的，雖然，每天人們掉的東西也很多，但是大多不複雜也不危險，只要讓大量的兔子們篩選出，比較有問題的來讓拉比確認即可。

知道了這些之後，黎筱愛再回想起那些書的內容，忽然理解了。是因為這個原因，那些書才都是一張圖加上許多文字。圖就是遺落的事物本身，而文字就是那樣東西的故事；看起來同樣的物品之所以會有不同的細節，也是因為那根本就是不一樣的東西。

「好了，閒聊到此結束。」拉比清了清喉嚨，態度嚴肅地說：「我們來談一下正事吧。妳已經知道妳剛剛闖了多大的禍了，對嗎？」

「是，實在是非常對不起，我不知道那些書的價值。真的很抱歉，我不該推倒書架。」

少女滿懷歉意地低下頭。

那些書裡頭，記錄並收藏著曾經載負著人類的情緒以及回憶的物品，但她卻把它們摔到地上的話，書會不會壞？書頁有沒有折到？還有那些被壓到的兔子，有沒有事？黎筱愛深深地反省著。

「啊，對了，你說寧舞姨她原本應該管理這個圖書館，卻離家出走了，那……那些書，那些被遺忘的東西，不就沒人管了？」

「這個不用擔心。」拉比回答道，「雖然女王才擁有王證以及真正的管理者身分，但我是未來會接任紅心國王的王儲，從懂事開始就接受了接班人的訓練。所以，如果不出『意外』，只是平常的管理『遺落之物』，是沒有問題的。」

講到意外二字時，他抬眼瞄了一下黎筱愛，後者紅著臉低下了頭。

「至於妳推倒的書櫃，現在兔子們已經開始復原了。那些書也只是用書的『形式』儲存著，不會這麼容易就破壞。只是……不，沒事。」

拉比差點要將什麼事說出口，但又及時煞住了車。

「總之，關於遺忘之物，那是我們的工作，妳不用操多餘的心。不過呢……」

他故意把語尾拖得長長的，黎筱愛敏感地察覺對方接下來要說的似乎不是什麼好事，她怯生生地問：「不過怎麼樣？」

「書櫃倒下來的時候，好像有些地方撞壞了，這個就……」

拉比優雅地端起茶杯，沒把話說完。留下的那個空白讓黎筱愛的心涼了一下。

「要、要賠償嗎？」她擔心地問。

不會吧！那麼大的書櫃，那麼多個像骨牌一樣碰碰碰的撞成一團耶！到底摔成什麼樣子了！要賠的話，得賠多少錢啊！

王儲抬眼瞄了她一下，少女發青的臉色似乎讓他的心情好了一點點。拉比慢條斯理地說：「一般情況下應該是要賠的，但是……」

黎筱愛緊緊握著紅茶杯，緊張地望著他，活像等待宣判的犯人似的。

「妳是女王的朋友，所以倒也不是這麼難以解決。」少年將下巴放在交扣的雙手上，問道：「妳說女王出國了？那她回國的話，有機會到妳家去吧？」

「你是想……」黎筱愛立刻猜到了。

「對，如果女王出現的話，我要妳立刻通知我。」

「欸……可是這樣是出賣……」

「我們當然不會強迫女王回來，我是她的兒子，這個我是有分寸的，我只是想跟她談談。」拉比嘆了口氣，「好歹她要跟我說她想放假到什麼時候，何時回來重新接手圖書館吧？妳懂嗎？就算是暑假也是有個期限的啊！但是她什麼都沒說就走了，我們實在是很苦惱。」

「你這麼一說，的確是這樣沒錯啦……」

黎筱愛忍不住摸了摸白寧舞給的髮夾。

這個條件等同於是要她當眼線出賣白寧舞。但是寧舞姨對自己這麼好，真的要……

看出她似乎有些猶豫，拉比聳聳肩，擺出無所謂的樣子，「當然，如果妳不想合作，那也可以，我等一下就請瑠玎去計算損失，然後開一張請款單給妳，啊，粗估好像要個一百多萬吧，妳……」

「好，好吧，我知道了！如果寧舞姨再出現，我會立刻跟你說！」

黎筱愛被那數字嚇得立刻答應了這個條件。先不說這比想像中還要難搞的王儲到底是不是在唬嚨她，如果自己真的拿一張一百多萬的請款單給母親，那可不是挨一頓罵就算了的。兩相權衡下來，賣掉白寧舞的罪惡感，好像也沒那麼重了。

——而且，誰曉得寧舞姨什麼時候會回來？等她回來再想辦法好了。

黎筱愛偷偷吐了吐舌頭。

「妳肯幫忙真是太好了。」

拉比笑了笑，黎筱愛開始懷疑那帽子裡的不是兔子耳朵，是黑色的惡魔角。

「唔，那我要怎麼跟你說？我也不知道下次是不是還能再進來。」

黎筱愛忽然想到了這個很重要的問題。不過，雖然她問是這樣問，但實際上是捨不得這個漂亮的地方。這裡很大，好像還有很多地方沒有逛完，如果以後可以再來的話……

「這倒是……這個給妳。」

王儲從胸前取下一枚小別針。那是一個看起來像獎章的別針，圓形像鈕釦的本體中間是一個用金屬圍繞著的紅色心形，下方垂著剪成燕尾樣式的飾帶，跟白寧舞送給黎筱愛的髮飾有些相似。

他將別針遞給黎筱愛，少女有些猶豫地伸手接過，「這個？」

「這是屬於鏡之國的物品，妳帶著，就能夠從那面鏡子隨意進出。雖然制服不能佩戴這種裝飾，但別在書包上的話就沒有關係，妳可以放學後再把它別到身上，或直接帶著書包來也行。」

「你怎麼知道我們學校不能別這個？」黎筱愛疑惑地問。

「……很多學校都是這樣規定的啊！」拉比端起茶杯喝了口茶，眼神往旁邊飄去。然後他提醒道：「啊，雖然妳可以自由進出，但是如果妳再造成什麼破壞的話，我會立刻收回妳的權限。」

「不會啦、不會啦！」黎筱愛連忙搖頭，「我真的只是因為被追才……以後我會小心的！」

「那就好。」

拉比微微地笑了笑，「那麼，希望妳很快能帶來好消息……鏡之國的稀客。」

第二章　你變得跟之前不同了。

You're not the same as you were before.

「哎呀！不要一直……好啦好啦一個一個來……啊哈哈哈你們別全部撲上來啊～」

黎筱愛坐在接待室的單人沙發上，被發條兔子們圍了個嚴實。她腿上手上都抱著幾隻軟呼呼、毛茸茸的兔子，腳邊圍著一圈，和樂融融的模樣實在讓人很難想像幾天前她還跟這些兔子進行過追逐戰。

「嘿……好啦！」她把手中那隻兔子的發條轉緊然後把它放到地上，兔子歡快地跑走了，緊接著下一隻又立刻鑽進她手中自己轉身坐好。黎筱愛同樣幫這隻兔子上好了發條，還整理了下它脖子上歪掉的蝴蝶結，這才把它放了下去。

「……都在幹什麼，書架整理了嗎？今天要『沉睡』的名單都好了嗎？還在玩！」

拉比忽然從辦公室的門後探出頭來，不悅地喝叱了兔子們。發條兔子們眼看主子要生氣了，立刻一隻隻溜得不見人影，嘩地一下，黎筱愛身邊就淨空了。

「你好，拉比。」黎筱愛揮揮手向他打招呼，「休息時間嗎？」

「……」拉比皺皺眉，把頭縮了回去，過了不久才從裡面打開門走出來。全身上下依舊很完美，蝴蝶結很整齊，衣服沒有一絲不該有的折痕，連襪帶的高度都一樣。

「黎筱愛小姐，我的確有說過妳可以來，但是請問妳為什麼每天來啊？」他努力的想讓表情看起來很平靜，但眉間顯而易見的「川」字卻將他的情緒表露無遺。

黎筱愛嘿嘿笑了笑，把手上的數個保溫袋拎起來給他看，「來一起吃晚飯？」

「吃飯為什麼不回家吃？」

「我媽要開始忙截稿了啊～這幾天都不回家，我一個人在家裡吃飯不如來這裡跟你們一起吃嘛。啊，有盤子吧？」

她自顧自地把打包好的料理往桌子上放，拉比不敢置信地瞪大了眼睛，深深覺得自己的三觀都被顛覆了。這麼自動的跑到別人家裡來開飯的冒失鬼他可真是從來沒見過！

但是……

但是……

「……瑙，去把盤子拿出來……等等你們兩個什麼時候在那的？」

王儲才開口吩咐，卻看見自己的兩位侍童——或者應該稱為「王牌」（ACE）——早就已經捧著幾個盤子和碗站在桌子旁邊等了。

自動！太自動了！這裡還有人把我當主子看嗎？拉比忽然對自己的地位感到疑惑。

「可樂餅……」瑙低頭放下盤子，眼睛直盯著其中一袋圓滾滾酥軟金黃的東西看。

「可樂餅就收買你了嗎！」

「很好吃。」玎無辜地抬頭看了拉比一眼，然後又低頭盯著可樂餅不放。

「……」拉比揉了揉太陽穴。他以為除了母親和比較麻煩的「遺落之物」以外，沒有人能再讓他頭痛了，但他現在卻覺得腦袋有些隱隱作痛。

該說這個黎筱愛真不愧是母親的朋友嗎？明明一開始還鬧出了這麼大的動靜，但才沒幾天，拉比就覺得自己身邊的人一個個都被她收服了。

玎和瑺這兩個就算了，要知道那些兔子裡有好多隻可是被她推倒的書櫃壓過，而且後來書櫃也全都是這些苦命的兔子整理的！為什麼現在光是讓她上個發條就能擠得像超市打折一樣？

「不要這樣嘛，一起來吃飯？兔兔？」黎筱愛望著他笑嘻嘻地說。

「不要叫我兔兔！」

聽見這個稱呼，拉比勉力維持著的禮貌與教養瞬間裂了一條縫，「咳……我是說，請不要那樣叫我，請好好地叫我的名字。」

「可是你頭上有兔耳朵。」黎筱愛偷笑。

「不要再提兔耳朵的事了！」拉比下意識地抓著頭上的禮帽，「妳要是再敢動我的帽子我就……」

「好啦，對不起對不起，不鬧你了，一起吃飯嘛？」黎筱愛連忙賠罪。

自從第一次見面之後，她就一直很想確認少年頭上到底是不是真的有一對兔耳朵，前些日子她終於忍不住了，那天她趁王儲在查閱文件時偷偷地走到他後面冷不防地把帽子拿了起來——她沒有看錯，一對軟呼呼的兔耳就這樣豎在少年的頭頂上。

當然，那之後拉比發了非常非常大的脾氣，黎筱愛接下來的幾天都吃了閉門羹，就算想道歉也見不到人。最後還是雙胞胎把主子哄好了，這事情才算告一段落。

其實黎筱愛覺得那對兔耳非常可愛，但拉比似乎非常在意。聽說他並不是生下來就有兔耳朵的，那也是女王的傑作。

「……哼。」

王儲瞇著眼睛哼了一聲，不情不願地走過去，在沙發上坐下。

雖然是個自動跑到別人家開飯的冒失鬼，可是做的東西還不難吃。

一口咬下夾著烤雞腿肉以及沙拉的麵包時，饒是表面上再怎麼表現出對不請自來的黎筱愛的不耐，拉比還是不得不心裡偷偷承認這件事。

「是說，拉比你都工作一整天嗎？中午有好好吃飯嗎？該不會就這樣從早上做到晚上吧？」黎筱愛從保溫瓶裡倒了一碗湯給他，好奇地問。

「這跟妳沒有……」

「殿下他……只有晚上才工作啊。」

兩個聲音幾乎同時響起，拉比愣然地看著幫他回答了的其中一個「王牌」，他還沒來得及開口，另一個就接了話：「妳來的時候……他通常剛開始工作……」

明明語速這麼慢卻還能把話搶了，拉比覺得這根本無法用科學來解釋。他用力咳了兩聲，想提醒雙胞胎不要太多事，卻見黎筱愛關心地看著他說：「不要吃這麼快嘛，嚼爛了再吞下去對胃比較好，你看看都嗆到了。我媽常說，吃飯時就不要想工作，管他工作多急，吃飯皇帝大啊！」

拉比瞬間氣結。他恨恨地把最後一口麵包扔進嘴裡，什麼都不想再說了。

「晚上才開始工作啊！所以你早上都在做什麼啊？」

「妳做什麼我就做什麼。」

「你也上學嗎？」黎筱愛忽然興奮起來，「學什麼？要當國王的人學的東西跟我們也一樣嗎？我們就是上點數學國文英文什麼的！嗯還有音樂美術課……」

「差、差不多。」拉比捧起湯碗，撇開了視線，「不管是不是要當國王，基礎都是一樣的。」

「原來是這樣啊～」黎筱愛露出恍然大悟的表情。

雙胞胎互望了一眼，但沒有再說話。

「嗯，先別提這個了。最近女王沒有消息嗎？」拉比不動聲色地岔開了話題。

「你不要這麼急嘛，寧舞姨是出國去玩耶，而且也沒說她到底要去多少國家，不會這麼快回來的啦！啊你吃吃看這個可樂餅，我今天多加了一點培根。」

「比起食物我更想知道女王的下落。啊謝謝……不是！妳有沒有在聽我說話！」

「哈哈哈有啊，寧舞姨如果有消息的話我一定會告訴你的啦，保證！」

「……」

唉。苦命的王儲嘆了一口氣。

吃完晚飯後，拉比及雙胞胎就回到書房繼續工作，而黎筱愛則幫著兔子們擦擦書櫃，或是自己逛逛這個奇妙的圖書館，偶爾搭救一下半路上發條鬆了的兔子。她後來才知道，圖書館後面還有一個玫瑰園，下午過來的時候要是天色還亮，雙胞胎及王儲又不這麼忙的時候，他們偶爾還會在這裡悠閒地泡茶吃點心。

少女就這樣待在這裡寫寫作業、看看書，一直到差不多九點，入口的S大圖書館快關門了才準備離開。拉比讓雙胞胎的其中一個送她去門口，途中經過了黎筱愛當初進來時第一個看見的那個圓形大堂。

「這裡晚上也很美呢……」黎筱愛抬頭望著玻璃外的夜空喃喃自語著。

這個空間唯一的採光就是自然光，雖然旁邊也設有燈臺，但是黎筱愛從沒見到它們點燃過。於是外頭明亮時，這裡就明亮；但是在晚上或是陰天時，那些書看起來總是籠罩上了一層或淡或深的陰影。

少女環視著書架牆，回頭看著幫她拿袋子的雙胞胎之一，好奇的問道：「這些書……也是由『遺落之物』轉化而成的對嗎？」

「已經……沒有任何影響的……才會放在這裡。」不知道是玎還是瑲的少年，緩慢地回答，「月光……日光……都會影響遺落之書的穩定，所以……更裡面……沒有自然光……」

黎筱愛似懂非懂地點點頭。

兩人穿過大堂，走到出口——也就是黎筱愛當時沒有開的那一扇門前。少女從「王牌」手中接過自己的包包，向他道謝：「謝謝，其實我自己拿就可以了……」

對方搖搖頭，語氣依舊緩慢地回答：「這是……禮數……謝謝……可樂餅。」

「嘿嘿，喜歡的話，我下次可以再做其他口味來喔！不過，拉比他是不是真的不太喜歡我來啊？」

黎筱愛再怎麼自來熟，對王儲的態度還是有些在意的。雖然她覺得拉比好像並不是真的那麼不開心，不然直接把她的別針收走不就得了，吃東西時也吃得滿起勁的，但總是被抱怨「妳怎麼又來了」，她還是會有些不安。

「殿下……也滿期待……不要在意。」少年搖搖頭，「他有點……害羞……」

「真的嗎？那太好了，我有空就會再過來的。那麼晚安囉！」

黎筱愛向「王牌」揮揮手，轉身正要開門，卻忽然想到什麼似的回頭問：「那個……你到底是玎還是璫？」

少年少見地露出了笑容。

「秘密。」

◆◎◆◎◆◎◆

黎筱愛踏出鏡子外頭，左右確認都沒人，才小心地從六樓下來。她還順便逛了一下圖書館，挑了幾本想看的書下樓準備外借。現在還留在圖書館的多是唸書的人，黎筱愛沿著旋轉梯下樓，幾張桌子邊還坐著好些認真的學生，有些打著報告，有些在桌前攤著幾本書抄抄寫寫。她一路走到一樓，在櫃檯負責借還書的女孩捧著一本小說看得津津有味，全沒注意黎筱愛已經站在櫃檯前面。

「那個……」黎筱愛出聲叫她，「杏子姐？杏子姐？」

「啊？是！」

黎筱愛叫了兩聲，杏子才從書裡回神。她愣了一會才發現黎筱愛站在櫃檯前，立刻滿懷歉意地接過她手上的書，「呀～抱歉抱歉，我想說快下班了就摸魚一下～每次看起書來都會沒注意有人要借書，真是對不起，妳等很久嗎？」

「也沒有啦。」黎筱愛笑著回答。

杏子就是她在五樓找被搬走的鏡子時，推著書車經過的女孩。後來黎筱愛來找拉比的次數多了，借還書的次數也多了，自然而然地就跟在圖書館打工的杏子熟了起來。杏子在S大唸圖書資訊管理，大三，長得高高瘦瘦的，一頭短髮配上粗框眼鏡，看起來還算挺可愛，待人也相當親切友善。

「小愛啊，我好像常常看到妳來圖書館，可是每次去整理跟上架的時候，都沒看到妳耶？」杏子一邊刷著書的條碼一邊說，「妳到底都坐在哪裡啊？」

「呃……」黎筱愛眼珠低溜轉了一圈，「我不一定啊，有時候會去戶外閱覽室那邊，有時候可能靠在書架旁邊就看了，哎唷S大圖書館也滿大的，妳沒看到我也是很正常的啊！」

「這麼說好像也是哦。」

「嗯嗯！」

黎筱愛嘴上答應著，心裡則鬆了一口氣。

杏子最大的缺點——對黎筱愛來說，可能是最大的優點——就是她很迷糊。黎筱愛已經不止一次聽說她忘記帶錢包出門，或是忘記帶鑰匙出門，或是買了飲料卻放在店裡沒拿……林林總總的小事每天都在發生，好在她也深知自己的個性有點掉鍊子，所以關於工作方面的事情都會特意多檢查個兩、三次。

因為我很喜歡圖書館的這個工作，要是因為闖禍了還是表現太差被解雇，那我會很困擾的——杏子這樣說。

也因為很迷糊，所以有些事情她不會往深處去想，這反倒給了黎筱愛一些方便，不然她實在很難解釋自己為什麼每天往圖書館跑，杏子卻老是沒看見她。如果是其他人的話，仔細想想說不定就會注意到，黎筱愛喜歡的書就那些類型，圖書館有桌椅的地方也就那些地方，每一次都遇不到，這個概率也實在太低了。

「好了，要注意還書時間喔。嗯？我現在才注意到妳借的是這本小說的第五集！所以妳有在看他的書嗎？」

將書拿給黎筱愛時，杏子看著其中一本書的封面，有些意外地問。

「有啊，不過前幾本是同學借我的，她說後面的借人了，我就跑來圖書館找，沒想到真的有。妳也有在看嗎？」

「有啊有啊！」杏子興奮地回答，眼睛閃閃發光，「我很喜歡這個作者！他的書都很有意思！而且他之前的作品我也有收喔！」

「真的嗎！」黎筱愛也同樣興奮了起來，「他之前那套我也有看，那個筆法跟創意真的好棒！可惜我買得太晚，第一集已經沒有了，我只收到二、三、四……」說到這裡，她有些遺憾地苦笑，「沒辦法，他的書好像在市場上賣得不怎麼好，也不會再加刷了。」

「我覺得是因為包裝的路線不對才賣不好……」杏子瞇著眼睛嘟囔著，緊接著忽然想起了什麼似的輕拍一下桌子，「啊，對了！第一集我有多一本嘛！下次拿給妳好不好？妳下次什麼時候來？」

「咦？真的嗎！不好啦，我跟妳買好了，我這個月的零用錢還有。」

「沒關係，我多了也是多了啊，妳拿去就好了。我禮拜三有班，妳那天會來嗎？」

黎筱愛想了想，禮拜三就是後天，應該是沒問題，「可以，那天我有空，不過妳為什麼會多買一本啊？而且還是多買第一集。」

「嘿，妳也知道我迷迷糊糊的。」杏子吐了吐舌頭，「有次想重新看第一集，怎麼都找不到，以為不見了，想想這種書肯定是不太會再加印了，所以第三集出了的時候又順便買了第一集，結果後來找到了，所以我就有兩本。其實我好多書都是這樣，買回家才發現買過了。」

「那還真是很迷糊耶。」黎筱愛愣愣地望著她。

「所以說我的書櫃都快爆炸啦，妳快點做做好事幫我把那本多出來的第一集帶回家吧。快走吧，時候不早了，路上要小心喔！」

「嗯，後天見。」

「後天見～」

黎筱愛把借的書放進背包裡，向杏子揮手道別，然後離開了圖書館。

不見的「書」，後來又找到了。

她一邊走一邊想著，望著天上稀薄的星星，想著在鏡子的對面，那個專門收藏「遺落之物」的圖書館。

會不會是拉比發現那本書本該讓她擁有才送回去的呢？還是一開始就只是被放在某個角落，沒有完全被遺忘，所以沒有歸入圖書館的管轄呢？

有著一對兔耳、講話總是彬彬有禮，卻偶爾會被氣得忘記禮儀的王儲；長得一模一樣，完全分不出誰是誰的雙胞胎「王牌」玎和璫；還有那些上了發條就能跑得飛快、動作靈活的兔子玩偶。

這世界上，有趣的事情真的很多呢！

黎筱愛愉快地哼著歌，推開了家門。

◆◎◆◎◆◎◆

「黎筱愛，最近妳總是一放學就跑不見蛋，快點老實招出來妳都去哪了？」

韓沁喜雙手抱胸，站在黎筱愛桌邊，一臉質問的模樣。

「我只是最近常常去圖書館而已啊，阿喜妳竟然這樣懷疑我？妳懷疑我有外遇嗎！」

坐在椅子上的黎筱愛轉過身一把抱住好友的腰，用臉在上面左右磨蹭，「不！阿喜我是愛妳的啊！」

「才怪，妳老實說！妳到底是不是外面有男人了！」

「阿喜！妳要相信我啊阿喜！」

兩名少女極盡所能的誇張演出，逗樂了還待在班上沒離開的其他同學，一時間調侃聲此起彼落。

「小倆口又吵架啦」、「現在要演世●情了嗎」、「官配到底是愛喜還是喜愛我好亂啊」、「我投愛喜一票啦」……等等，不知為何吐槽的方向發展到最後好像有點奇怪。

「說真的。」

韓沁喜一把拉出自己的椅子往黎筱愛的方向靠過去坐下，「妳都是去圖書館而已？」

「騙妳幹嘛？真的啊！」

黎筱愛試圖把這句話說得理直氣壯，雖然她知道自己心裡還是有那麼一點心虛。

自己的確是去圖書館沒錯，只是目標不是圖書館本身，而是鏡子後面的那一方奇異世界就是了。

沒辦法，這種事又不能跟阿喜說……她連自己的媽都沒說了。

「是嗎？所以妳都是自己一個人去嗎？」韓沁喜瞇著眼睛，還是一副不相信的樣子。

「我是一個人去啊！」

「為什麼不找我？」

「呃，有時候我回家了才想到要還書還是要幹嘛的，就自己過去了嘛。」

「這樣嗎～」

「真的啦！妳為什麼這麼執著於這個問題啊？」黎筱愛哭笑不得地看著好友。

韓沁喜瞇細了眼睛又盯著她看了好一會，才嘆了口氣說：「看起來妳是真的不知道那件事了！」

「不知道什麼？」

「就是……」

韓沁喜講到這的時候刻意拖長了聲音。黎筱愛知道她就是喜歡在一些消息上賣關子，也懶得催她，只是安靜地等她繼續說。

「聽說隔壁班有個男生喜歡妳，有時候會偷偷跟在妳後面。」

「啊？！」

這太過衝擊的資訊讓少女一個沒忍住大聲地叫了出來，幾個同學疑惑地往她們這邊望，估摸著這一對活寶是不是又怎麼了。

黎筱愛連忙嘿嘿地抓抓頭笑了兩聲裝作沒事，才又壓低了聲音對韓沁喜道：「拜託這種話不要亂說好不好！嚇得我心臟都要停了！」

這實在是太出乎她的意料了。在韓沁喜賣關子的那幾秒裡，黎筱愛想了好多種可能性，包括什麼「其實我跟蹤妳好多天了」或是「我跟妳說我其實是個男的」，但最後聽到的竟然完全在她意料之外。

——隔壁班男生跟蹤我？這都是什麼跟什麼！

「看妳這純情的小樣，耳朵都紅了。」韓沁喜掩著嘴偷笑。

「韓——沁——喜——」

「好啦好啦，實際情況我也是聽隔壁班說的，聽說他們班上的女孩子偶爾放學時會看到妳往圖書館走，而他們班的有個男孩子會跟在妳後面幾步。不過很奇怪的是，聽說他都是跟妳到圖書館門口之後就走了，也沒有跟妳進去。」

韓沁喜撐著下巴，一邊思考一邊說：「然後那幾個女孩子就很好奇嘛。所以去問了為什麼要跟著妳啊，那個男生都說沒有跟著妳啊只是也要去圖書館。妳看，這很奇怪嘛！如果要去圖書館的話，直接進去就好啦？」

「那也不代表他喜歡我吧？」黎筱愛翻了翻白眼。她壓了壓埋在頭髮下的耳朵，摸起來又熱又燙，心臟也怦怦地跳得很快。

雖然很想擺出一副無所謂的樣子，但是被人說「有人喜歡妳喔」什麼的，還真是人生第一次。黎筱愛心裡又是緊張又是害羞又是好奇，這些情緒統統化成了熱度燒在耳朵和臉頰上了。

「妳也知道謠言這種事情就是這麼傳的嘛，而且那個男生好像也沒有反駁，所以就……」韓沁喜聳聳肩，又問：「妳不好奇嗎？不想知道是哪一個嗎？」

「妳要說就說，不說就拉倒。」黎筱愛惡狠狠地朝她齜牙。

「哎喲──這種態度～這種態度～」韓沁喜捏著好友的臉頰，「不就是很在意～是吧是吧，純情少女？」

「韓──」

「啊上課了，好啦好啦不鬧妳了，等一下掃除時間指給妳看。」

聽見上課鐘響，韓沁喜總算收回了手，俐落地把椅子搬回自己的桌子前面。黎筱愛還想問些什麼，但老師很快就進來教室了，她也只能乖乖地從抽屜裡找出這節課的課本開始聽課。

只是，課本是拿出來了，手上也握了筆，她卻怎麼樣也無法靜下心來。

——可能真的只是剛好同路吧？

——可能是他家就在那個方向吧？

——可能是他也很喜歡看書吧？

她一直試圖用合理的理由說服自己，但那股讓手指痠麻的感覺卻未曾消退。

——到底是誰呢？

真的會有一個，自己都未曾注意過的男生，遠遠地注視著自己嗎？

——但是跟在我後面什麼的，那不就是跟蹤嗎？想想好像不是值得高興的事啊！

想到這點時，黎筱愛忽然覺得心裡那股興奮消退了一些。

這個人跟著自己的目的是什麼？

——只是單純同路的話，應該不會讓人覺得是在跟蹤我吧。

——他真的都沒有跟我進圖書館嗎？

——該不會有目擊我走進鏡子裡吧？

——與其說喜歡我……不如說，他是不是在調查我啊！？

黎筱愛眼睛望著臺上的老師講課寫板書，腦子卻被這些亂七八糟的想法塞滿，完全沒有注意這堂課到底上了什麼。而且，原本旖旎又帶著些青澀浪漫的一件事，最後還硬生生被她想成了陰謀論。

——不行，萬一鏡之國的事情不小心露餡了怎麼辦？雖然聽說沒有攜帶鏡之國的物品是進不去的，但要是被人發現我從鏡子裡消失，那也很麻煩。

她認真地思考著，越想越覺得事情頗有蹊蹺。

——一定要知道那個男生是誰，然後反過來觀察看看他到底想幹什麼！

少女最終在心裡下定了決心，一個反跟蹤的念頭在心底默默地成形。

這堂課結束後就是下課時間較長的掃除時段。黎筱愛抓著韓沁喜，非要她指出到底哪個是跟蹤自己的人不可。韓沁喜看她如此心急，原本還想多虧幾句，但卻從黎筱愛認真的表情中看出些許異狀。

對此，黎筱愛只用一句「不管怎麼樣，妳不覺得被人跟蹤是一件很可怕的事嗎？」就說服了好友，兩人抓著掃把跑到隔壁班的教室外頭張望，韓沁喜看了來來往往的學生半天，忍不住嘟囔著。

「奇怪？小燕跟我說的那時候，我明明還記得是哪一個呀，還覺得很好認呢。怎麼這會找不到人了？」

「阿喜妳行不行啊？到底是哪個啊？」黎筱愛用掃把戳了戳她的腰。

韓沁喜怪叫一聲扭著腰閃開了，「戳什麼戳！我也不知道為什麼忽然不記得了嘛！」

「不是吧！還一直調侃我，結果妳竟然忘了是哪個！妳好意思嗎！」

「哎唷……」

韓沁喜不死心地又朝他們教室裡頭看了一下，一個跟她熟識的女孩子發現了她，開心地跑出來打招呼：「這不是阿喜嗎？小愛也來了？來找誰啊？」

黎筱愛跟這女生不熟，印象只是「阿喜的朋友」，於是只點點頭傻笑了一下，沒多說什麼；倒是韓沁喜一臉遇到救兵的樣子，抓著女孩把她拉到角落，低聲問道：「欸小燕，上次妳跟我說，跟蹤我們家小愛的那個妳們班的男生，到底是哪一個啊？」

「哦，就是小卯啊，白晨卯。」

小燕踮起腳尖朝教室裡頭望了望，「就是那個，在擦窗戶的那個。」

兩人朝著小燕指的地方望去，的確看見有個男生在擦窗戶。位置距離她們有些遠，黎筱愛說不上來那人具體到底長什麼樣子，只知道是個男生，不高不矮不胖不瘦，感覺跟一般的男學生沒什麼兩樣。

「哦，謝謝啦！」韓沁喜一邊道謝一邊張望，「對啊，就是他，我怎麼會忘了呢？」

「不謝～欸我真的覺得他喜歡小愛耶！」小燕湊進了兩人旁邊，嘻嘻地偷笑著，「小卯人不錯啦，很有禮貌，雖然有時候不知道為什麼會忘記班上有這個人，可是總的來說不是特別奇怪的人，要不要認識一下？」

這個小燕真是有當媒婆的資質啊！黎筱愛忍不住想著。

「欸，這個當然是要我來鑑定啦！謝謝啦小燕～啊，糟糕，快要上課了，我們要先回去掃地了！」

韓沁喜抓著黎筱愛偷偷使了個眼色，後者連忙很有默契地點點頭，說：「不用啦，我就是好奇，想來看一下聽說跟蹤我的到底是誰。謝謝，那我們先回去了喔！」

「噢，好～啊如果想認識一下的話，可以找我喔！」

小燕俏皮地眨了眨眼睛，黎筱愛傻笑了一下，三人這才揮揮手說了再見。

兩名少女連忙溜回自己的工作區域，迅速但不確實地做了個樣子把工作做完了。

「人也看到了。哪，妳接下來要怎麼做？」韓沁喜問。

「妳記得他長什麼樣子嗎？」黎筱愛皺著眉頭，認真地思考，「我只記得個大概，再看到他能不能認出來都是個問題。」

「妳這麼一說……」韓沁喜也思考了起來，「真的，小燕指給我看時我還想起來『啊就是那個人』，可是視線一離開我就想不起來了！真是奇怪啊！」

「沒關係，反正有個印象就好。如果是一整群人站在一起，我可能沒把握把他認出來，可要是他繼續跟蹤我的話，就算只是有個印象，那也會很明顯不是嗎？」黎筱愛嘿嘿一笑。

「看著吧，我一定會把他揪出來，問他沒事跟著我幹什麼！」

◆◎◆◎◆◎◆

知道有人在跟蹤自己後，黎筱愛連著幾天都沒有去鏡之國，主要原因是擔心鏡之國的入口被發現，再來就是她想搞清楚到底是不是真的有人在跟著她。

結果是……

真的有！

「……」

黎筱愛若無其事地揹著書包從校門走出去，拐了個彎走進S大，朝著圖書館前進。

這幾天下來，她發現，每當放學的時候，她身後的確有一道忽隱忽現的視線，非常非常隱蔽，如果不是她已經懷疑自己被人跟著，根本就不會發現。而且奇怪的是，如果她決定直接回家，不繞去S大的話，那個視線就會在她離開往S大的路線時消失；但如果她決定要去圖書館，那個視線就會一直跟著她到圖書館門口。

——為什麼？

——他跟著我的原因，跟圖書館有關嗎？

黎筱愛有時會假裝不經意地回頭，想看看到底是誰在跟著自己，但每次回頭時，卻都覺得沒有看到太奇怪的人。

太詭異了。她想。

但也不是就沒有辦法。

黎筱愛朝著圖書館走去。她一如往常地刷了學生證進入，然後走上樓梯。

少女站在樓梯上偷偷往下瞄，看見幾個穿著跟自己一樣的制服的人，也在圖書館門口準備要進來，但其中只有一個人是男學生，而且也只有他佩戴著跟自己一樣的學級章。那個男孩站在門口，望著圖書館理面，但沒有要進來的意思。

——應該就是那個人了吧，好！

黎筱愛偷偷地又跑下樓，從圖書館後面的另一個出入口繞了出去。她用最快的速度衝回圖書館的大門，遠遠地看見男孩還在那裡。

──太好了，沒走！

她在心裡暗暗地叫了聲好，然後放輕了她的腳步，偷偷地走到他的後面不遠處，暗暗觀察著。

那是個很普通的男學生，就是個走進人群後你立刻會忘記他的人。可是很不巧的，今天在圖書館進進出出的人大部分都是沒穿制服的大學生，所以一個穿著制服的國中男生再怎麼不起眼，在這些人群裡依舊很明顯。

可即使如此，黎筱愛還是有一種自己只要一把視線移開，那個男生就會隱沒在人群裡的錯覺。

簡直就像是……

被下了暗示一樣？

──嗯？暗示？

她忽然想到了什麼。

「干擾」──拉比曾經說過的詞。

這個男生為什麼要跟著自己到圖書館？關於這點，黎筱愛推測，可能跟鏡之國有關。

而如果是跟鏡之國有關，黎筱愛相信，自己可以為了保護這個秘密而記住一個人的長相。

她原本就不太有「臉盲症」，看過的人多少都會記得，但偏偏只有這個人，她每次都記不得，這沒道理。

所以該不會，這傢伙其實……

想到這裡，黎筱愛大步地走上前。

「白晨卯？」

「！」

男生嚇了好大一跳，差點沒原地跳起來。他慌張地轉過頭看向後面，黎筱愛雙手抱胸站在他後面。

「你是不是在跟蹤我？」少女一副興師問罪的模樣，看起來殺氣騰騰的。

「不好意思，我聽不懂妳在說什麼。」白晨卯低聲回答她，還把頭往旁邊一撇。

這個舉動在黎筱愛看起來完全是一個心虛的表現。

「是嗎？」

兩人沉默不語地對峙了好一陣子，黎筱愛就這樣死盯著他，不說話，也不做什麼。兩人在圖書館門口這樣相對無語地杵著，路過的大學生們好奇地望著兩個國中生，還有些人偷偷地討論到底是不是小情侶吵架吵到圖書館來了，怎麼都那樣站著不動呢。

大概站了將近一分多鐘，終於，白晨卯受不了了。

「妳沒有其他事情的話，我要走了……」

他低著頭，側過身子從黎筱愛旁邊走過去打算離開，但少女卻眼明手快地一把抓住他的手腕。

「拉比？」

「！」

少年兀的瞪大了眼睛。

就在那個名字脫口的瞬間，白晨卯身上那種曖昧不明的感覺立刻消失了。黎筱愛仔細一看，原本像是被霧籠罩住的面容現在十分清晰，男孩那張精緻的臉跟紅心王儲別無二致，只差在眼睛和頭髮的顏色——它們現在都是黑色的了。

「果然是拉比！」她大叫。

「唔！小聲一點！」白晨卯——拉比一邊慌張地把她拉到一旁的角落去，一邊慌張又不解地說：「為什麼妳認得出來！干擾……」

「說話的聲音沒變啊！」黎筱愛得意地說，「而且，那種糊糊的感覺實在太奇怪了，我又不是臉盲，怎麼可能會記不住你的臉？這太反常了。我就想到你說到在這邊活動時有提過什麼偽裝、干擾之類的話，我猜是不是類似幻術之類的東西呢，結果還真被我矇對了！」

「不可能光靠這樣就知道是我吧！」拉比覺得這實在太牽強了，「人的印象最終還是要靠眼睛的，妳受到干擾，記不住我的樣子，怎麼能確定是我？」

「拉比。」黎筱愛搖搖頭，嘖嘖兩聲，「你知道嗎？雖然有『干擾』，但你身上還有一個最大的特點，是干擾不會影響的。那個特點足以讓我確定真的是你。」

「什麼？」

「制服。」黎筱愛得意地微微揚起頭，「你在鏡之國每次要出來見我時候都會特別整理過衣服吧？這是玎……還是瑠？啊不管了反正都一樣，總之是他們其中一個人特別跟我說的。」

「然後我就注意到，你每次衣服稍微亂了，就會下意識的把它拉好，而且你的衣服真的特別整齊！我甚至沒看過你的領結或帽子歪掉！而現在你看看你的制服！從領帶夾到褲子都非常的整齊，連皺摺都沒有，而且你還乖乖的把衣服紮進去，外套也穿得好好的！」

「這是制服啊，每個人都這樣穿啊！」拉比忍不住反駁，「根本不可能……」

黎筱愛拍拍他的肩膀。

「拉比，你真的沒注意嗎？全校會把制服穿得這麼整齊的，大概就只有你耶。」

王儲瞪大眼睛，愣住了。

少女繼續說道：「好吧，更正，可能會這麼穿的不止你，可是會仔細把襯衫和褲子燙得很平、外套釦子也扣得好好的人，就只有你。真的。大家出了校門就把外套脫了，也不太可能一直把衣服紮在褲子裡面，領帶也是一出校門就拉掉了。你真的沒有發現嗎？」

「……」

「我看到你的時候就覺得有點奇怪了，剛才站在你前面看了好久，還確認了一下真的都扣得好好的，根本可以領服儀獎了，才確認應該是你沒錯。怎麼樣，我很厲害吧？」

黎筱愛笑得很開心，而拉比則愣愣地張著嘴，啞口無言。

少女的觀察力與聯想能力實在讓他感到非常驚愕。光靠著觀察和推理，就能破解他為了盡可能消弭自己的存在感而刻意製造出來的「干擾」，這真是前所未聞的事情。

雖然少女能成功認出他來，很大一部分是歸功於她之前就認識「拉比」，而且還知道他的習慣，但還是很讓人驚訝。

「好啦，所以拉比你幹嘛跟蹤我？你為什麼要用『白晨卯』這個名字啊？然後原來你跟我同校還在我隔壁班啊？還有……」

「停停停。」

拉比揉著太陽穴，做出了個「暫停」的手勢，「一樣一樣來。一、『白晨卯』是我在這裡用的名字，白是我母親的姓，妳應該知道。名字也是她取的。再來，二、我跟蹤妳並沒有什麼特別的理由，我只是不想跟妳同時使用鏡之國入口而已，所以我要確認妳什麼時候進去。」

「為什麼？」

「……這牽扯到第三個問題。」拉比輕咳了一聲，耳朵有點紅，「我原本並不想讓妳知道我跟妳唸同一所學校。」

「為什麼？」

「……不想就是不想！」

「不要害羞嘛～」黎筱愛歪著頭說。

「並沒有在害羞！只是覺得很麻煩。」拉比望著旁邊的地板，有些苦惱地說：「我來這個世界上學，只是為了熟悉這個世界的人的思考與行為而已，之後還是要回到鏡之國去的。我刻意讓自己不太容易被記住，這樣之後消失時比較不會留下太多的影響。要是讓妳知道我在這裡，妳可能會沒事就跑來找我吧？這樣的話，『干擾』的效果就比較差了。」

「耶……」

這答案出乎黎筱愛的預料，她抓抓頭，覺得有些不好意思，「這樣哦……」

「其實我也被說這樣做是多慮了，反正到時候真的要從這個世界離開時，『方塊』會把一切都處理好，但我就是覺得既然都會忘記，那不如一開始就不要被記住。」

「可是這樣的話，不是會很寂寞嗎？」黎筱愛忽地抓住他的手，認真地說：「人還是要有朋友的，拉比！不過，如果你顧慮這麼多的話，那就讓我記住你好了，我絕對不會忘記的，而且我還能去找你玩呢！」

「……」拉比呆呆地看著她。

這個人在說什麼啊？

就算現在這樣說，但只要「方塊」那裡，或是自己這邊稍微動點手腳，不管是誤闖鏡之國的記憶，還是跟自己相處的記憶，要清除掉簡直是易如反掌的事情。

可是……

這還真像她會說的話啊。

——明明認識沒有多久，卻打心底覺得她就是會這樣說沒錯啊！她是真心的。

想到這裡，紅心的王儲忍不住笑了起來。

「跟一個管理遺忘的圖書館的代理館長說妳絕對不會忘記什麼的……」他輕輕抽回手，斂下眸子，輕聲道謝。

「雖然我其實只是嫌麻煩，不過還是，謝謝。」

「哇，拉比！」黎筱愛愣愣地看著他好半晌，然後忽地轉身開始翻書包，「拉比，你能不能再來一次？」

「什麼再來一次？妳在幹什麼？」

王儲疑惑地看著她，少女終於從書包中扯出自己的手機，然後興奮地說：「再笑一次！我想拍張照片！你笑起來簡直太可愛了，好誇張！」

「不准拍！」

好誇張是什麼形容詞！太失禮了！

拉比深深覺得，剛剛還覺得有一點點感動的自己簡直就是個白痴。

「一張就好，一張就好！我不會給別人看嘛！啊頂多給我媽看，沒關係吧？她也看過你小學畢業的照片。」

「女王給妳們看的是那張嗎！啊不准……啊！別拉我臉！請妳住手，我要生氣了！」

「笑一個嘛，拉比～」

「黎筱愛！」

「哇你第一次叫我名字耶～」

「……」

——母后，您朋友的小孩，到底是個什麼樣厲害的人物？

最終還是被抓住拍了一張照片的拉比，在心裡偷偷地後悔起來。

為了抓到逃走的女王而跟黎筱愛接觸這件事，是不是……其實是個錯誤的決定？

第四章　我不知道東西在哪裡？

Where can I have dropped them, I wonder?

「嗚哇！小愛，真的很不好意思！我昨天還說要帶來給妳的。」

杏子無比懊惱的不停道歉，搞得黎筱愛都有點不好意思了。

「沒關係啦，反正我們常常見面，下次再拿就好啦。」她苦笑著反過來安慰杏子。

後者用哀怨的口氣說著：「我明明昨晚都裝好了放在桌上的……」

「……」

拉比百無聊賴地站在黎筱愛旁邊，看著櫃檯上堆疊的還書。自從黎筱愛識破了干擾的幻術後，幻術就不再對她起作用了，所以每次黎筱愛要是在往圖書館的路上發現他的話，他就會被她纏著一起去鏡之國。雖然開始的時候，拉比的確覺得這樣有點麻煩，但多來幾次後他竟然自動就習慣了，而且他不得不承認，回家時有個人能聊聊天，感覺其實還不錯。

「沒帶書沒關係啦！倒是錢包什麼的不要忘記就好了。」黎筱愛半開玩笑地跟杏子說。

原本她只是轉移話題兼善意的提醒，但沒想到杏子聽見後，竟露出更加受傷的表情。

「呃……真的沒帶？」

「嗯。」

杏子用雙手摀住臉，看起來什麼話都不想再說了。

「咦～～那妳今天吃飯什麼的怎麼辦？」

「就只能先跟朋友借了。」杏子嘆了口氣，「還好鑰匙帶了，不然連家門都進不了。」

「總覺得妳最近越來越迷糊了呢。」黎筱愛露出驚訝的表情，「一般來說出門不都會檢查一下錢包、手機之類的嗎？」

「包包太多的壞處啦！錢包放在輕便的袋子裡，早上忘記拿出來放進平常用的包就出門了。」女大學生苦笑著解釋，「之前也發生過類似的事情。」

「是哦！咦，拉……小卯，你在做什麼？」

黎筱愛決定徹底地轉移話題。她轉頭將注意力轉向無聊得已經開始翻起書的王儲，差一點就把名字叫錯，還好及時發現訂正了回來。

「我在看書。」拉比一邊在心裡吐槽她簡直是沒話找話聊，一邊禮貌地回應。

不過黎筱愛在看清他手中的書之後，立刻炸鍋似的喊了起來：「你也看這個！？」

「小、小愛，小聲一點！」

「我建議妳小聲一點，這裡是圖書館。」

杏子和拉比同時出聲制止，少女也發現自己的失態，連忙向把視線投過來的人做了個抱歉的表情，才又低聲道：「抱歉我一瞬間忘了，可是太讓我驚訝了，你原來也看這個？」

黎筱愛所指的「這個」，是拉比手中那本書——那是最近準備要播映它的改編動畫的小說原作。喜歡看小說的黎筱愛有注意這一套作品，也覺得還不錯，但總覺得這種書拿在拉比手中怎麼看怎麼奇怪，雖然拉比現在看起來只是一個普通的國中生，但在小愛的心裡，他已經完全被定位在「貴族般的王子」這樣的印象上了。

「妳說得好像我不能看這個一樣。」拉比皺著眉頭看她，「故事很有趣，節奏也不錯，角色也很鮮明，有什麼不好？」

「是、是這樣說沒錯。」

「那個也不錯啊！」拉比指了指後面。

黎筱愛和杏子同時回頭，發現他指的是書車上準備要重新放回架上的一本漫畫。

「雖然畫技有待加強，不過劇情很衝擊，也很有創意，最近挺紅的，我也滿喜歡的。」

黎筱愛用一種看見新物種的驚訝表情看著拉比。

杏子不明所以地看看少年，又看看少女，憋了好一陣子才問道：「呃，所以這位同學平常都看什麼書？」

「我以為會是什麼厚黑學之類的。」黎筱愛回答得很快。

「雖然不知道妳這個印象是哪裡來的……」拉比用責難的眼神看著少女說，「不過，我也是有休閒時間的，不可以嗎？」

「當然不是啦，我只是有點意外！這麼說我們以後就有同樣的話題耶！真是太好了。」

黎筱愛笑了起來，那是單純地覺得很開心的笑容。拉比愣了一下，然後有些不好意思的將眼神轉開，輕咳了兩聲。

「你們很不熟嗎？」杏子疑惑地問。

「呃……這個嘛……」

拉比覺得有些尷尬。這問題很難回答，到底該說是熟還是不熟呢？這人都跑來自己家開飯開到每天廚子會問他「殿下，今天晚飯還做嗎？」了；但要說熟嘛，又似乎還沒到那種程度。

就在這時候，救命一樣的手機鈴聲忽然從黎筱愛的書包裡響了起來。

「哇！抱歉抱歉，我出去接。」

她嚇了一跳，迅速地跑出圖書館接電話，講了一陣子後才又跑進來。而且跑回來的時候，少女看起來明顯地心情很好。

「先不跟你們聊了，我要趕快回家囉！」

她輕拍了一下拉比的肩膀，後者意會到那是「今天不過去了」的意思，輕輕地點了個頭算是回應。

「怎麼了，剛才是誰的電話？」杏子很好奇。

「是我媽，她說總算趕到一個段落了，今天可以回家吃飯，她帶了好吃的要回家～所以我要趕快回家迎接她了。好了，那我先回去囉！」

黎筱愛很快地說完，向兩人揮手道別，就迅速地跑出了圖書館。

「跑得真快，小愛跟她媽媽感情好像很好啊！」

望著少女的背影，杏子的口氣不知為何有些感嘆。

「嗯，很不錯的樣子。」

就算相處的時間不算很長，拉比還是可以確定黎筱愛與母親的關係相當緊密。少女聊天時偶爾會提到母親，每次都是眉飛色舞的樣子，這年紀的少年少女多少對父母會有些反抗心，所以黎筱愛表現出來的態度讓拉比印象相當深刻。

「真好。」

杏子笑了笑，那笑容裡有點無奈，有點羨慕，有些苦澀。

「大姐姐妳跟家裡關係不好嗎？」

「啊……」聽見拉比這樣問，杏子有些意外地看著他，「不，也不是說不好……」

眼見女子有些尷尬，少年連忙道：「……抱歉，我問了不該問的問題。請忘了吧。」

其實，他平常並不會這麼多事的。身為遲早要從這世界消弭掉自己存在痕跡的鏡之國王儲，他秉持著能少一點麻煩就少一點麻煩的心態，始終是以低調又淡漠的態度面對日常生活。

但是……

——這個人身上，有不太對勁的感覺，時有時無的……

那不是一種很明顯的感覺，很若有似無的，嚴格來說比較像是一種直覺，並不是非常明確。這微妙的異樣感促使拉比多問了自己平常不會問的事情，而杏子的反應讓他立即意識到自己失禮了，於是連忙道歉。

「啊，不需要道歉啦，也不是關係不好。」杏子呵呵地笑了笑，「只是沒有好到像小愛那樣，總覺得有些羨慕。你呢？你跟你媽媽感情好嗎？」

「還不錯。」

一想起母親，拉比就反射性地覺得有些頭疼。

紅心女王有著與年齡不符的玩心以及活力，從小在母親的「薰陶」以及作弄下，拉比養成了一個跟母親的歡脫相比起來有些太過成熟壓抑的個性，他們跟黎筱愛和許襄華不太一樣，拉比與白寧舞這對母子倆的感情好是表現在「能互相吵架」的這一點上。白寧舞特別喜歡逗弄一本正經的兒子，而還沒成長到能反擊母親的玩弄的拉比則每次都敗下陣來。

「我跟我媽的感情其實也不錯。不過我跟我爸不太好。」杏子望著前方，與其說是講給少年聽的，更像是在喃喃自語。

「我爸他有點……大概軍人出身吧，比較專制一些。他丟東西從來都不問過我，他覺得小孩的東西，除了課本文具以外都不重要。而我的個性很迷糊，所以常常都不知道東西到底是被扔了呢，還是我自己弄不見了，就算懷疑是被丟掉了，也不太敢去問他，反正去問了也得不出什麼結論，可能還會挨一頓罵。後來考上S大之後，我就搬出來住了，有了真正屬於自己的空間之後，我終於有了安全感，覺得不管是買書還是買小東西，都不會再被扔掉了。」

「有被丟過什麼重要的東西嗎？」拉比試探性地問。

這段話的內容聽起來似乎只是抱怨一個不太尊重孩子物品權的父親，但掌管「遺落之物」的紅心王儲覺得自己好像得到了什麼線索——關於自己在她身上感覺到的那股微妙異樣感的線索。

「嘿嘿，太多了，所以不太記得了。」杏子不好意思地搔搔頭，「啊，抱歉，跟你說了奇怪的事情，你聽聽就算了吧。」

「不，沒關係。」

拉比搖搖頭表示不在意。這時候，那種微妙的感覺竟又消失了。

——又是錯覺嗎？我是不是太認真工作了？找個機會放一下假吧！

王儲不確定地想著，跟女大學生道別後，藉著「干擾」的掩護，爬上樓梯，回到了異世界的住處。

◆◎◆◎◆◎◆

「我回來囉～」

「歡迎回家！」

母親開門的聲音一傳來，早就在客廳等著的黎筱愛立刻啪噠啪噠地踩著脫鞋跑到門口去迎接。她原本想母親拿著外帶的食物可能會需要幫手，但打開門卻看見母親手上只提了公事包以及手提包，沒有其他的東西。

咦？不是說要帶東西回來吃嗎？黎筱愛愣了一下，但還是趕忙接過母親手上的手提包，幫她拎到客廳去。

「呀～這兩天真是累死了。」許襄華一邊踢掉鞋子一邊往客廳走，「每次到截稿前都跟戰爭一樣～」

「媽……」黎筱愛終於忍不住問道：「妳說要外帶好吃的回來……好像沒看到？」

許襄華忽然愣住了。母女倆對看了好一陣子，她才猛地回過神來。

「啊。」

「啊？」

「我忘記了！」許襄華仰頭大叫，「呀！我忘記了！本來想從公司旁邊帶好吃的漢堡回來給妳的！我下班時只顧著收拾東西趕快回家竟然就忘了！」

「耶，是、是喔。」

黎筱愛有些意外。不，是相當意外地看著懊悔的母親。

老媽忘記事情？真的假的？

許襄華是個幹練的職業婦女，做事認真仔細，且該衝的時候比男人還要衝。她靠著自己的能力爬上了雜誌社總編輯的位置，大家都知道，這家雜誌社有個精明能幹的許總編。

這樣的母親竟然會忘記買晚餐回家這種小事？依照黎筱愛對母親的瞭解，平常的話她一定是下班前就已經先打電話去訂好餐，回家時車子一開過去就拎走，動作流暢不浪費一分一秒，只要是在計畫表上的事情，就沒有理由忘掉。

「媽，妳這次做的專題是不是比較大？好像比之前幾次截稿都要更辛苦。」

太累了吧！這是黎筱愛唯一能得出的合理推測。仔細想想，她好幾天沒見著母親的人影了，只偶爾放學回家會在桌上發現小字條，八成是早上回家後休息一下又出門了吧。

「這次的專題的確是比較大，但是……」許襄華還是很在意，「怎麼可能會犯這種錯誤呢？我老了嗎～該吃銀杏了嗎～只好等等立刻上網訂一下銀杏了。」

「沒這麼嚴重啦！媽，妳一定是太累了！」黎筱愛貼心地靠過去揉揉她的肩膀，「不然我們出去吃好了？附近不是新開了一家火鍋店嗎？評價好像還不錯！」

「好好好，那就出去吃好了。」許襄華立刻打起精神，「與其懊惱已經發生的錯誤，不如思考如何補救，小愛妳要把這句話記住，這句話無論在哪裡都是通用的。」

「是是是，好啦我們快出門吧，好餓——」她笑著把母親推出門。

「走吧走吧。」

兩人很快出了門往新開張的火鍋店走去。人潮很多，不過她們運氣好，只等了一下子，服務生就將她們帶上了位子。在火鍋蒸騰的熱氣中，黎筱愛跟母親一如在家中一樣，一邊吃飯一邊閒話家常。

「哦，所以妳這兩天晚上都跟朋友一起吃飯啊？」許襄華一邊把肉扔進鍋裡，一邊提醒：「不能給人家的爸爸媽媽添麻煩喔！」

「沒有啦，他家……呃，平常都沒大人，所以我會做一點東西帶過去我們一起吃。」

黎筱愛有想過是否要跟母親明說，她其實是跟白寧舞的兒子一起吃飯這件事。但她沒有把握透露出這個訊息後，還能夠隱藏鏡之國的事情，所以只輕描淡寫地用「隔壁班新認識的朋友」帶過。

「哦哦，總之交到新朋友是好事，不過不要太熱情讓人家困擾了，知道嗎？」

「這我當然會注意啦！」

「對了。」

許襄華看著無名指上沒拔下來過的結婚戒指，忽然想起什麼似的問女兒：「小愛，妳最近有打掃我房間嗎？」

「唔？我最近沒有打掃，週末才要掃，怎麼樣？」少女正將燙好的肉片塞進嘴裡，說話聲音有些含糊。

「嗯……上次我掃房間的時候打翻了首飾盒，那時候我趕快收拾了一下就繼續掃地，也沒有注意，但這兩天一直覺得好像少了一枚戒指。」許襄華撐著下巴回想著。

「很貴嗎？什麼樣子的？」

「不，很便宜，只是一個路邊貨。就是藤蔓跟葉子構成的一枚小戒指，銀色的。雖然不是很貴，但那可是當年媽媽收到的第一個追求者的禮物喔。它就跟一封情書一起躺在我抽屜裡。只是不知道那個人太緊張還是怎麼樣，那封信竟然沒有署名。」

想起當年青澀的時光，許襄華忍不住笑了起來，「沒辦法，實在找不到對象退，所以我就收著了。後來妳爸爸看到那枚戒指，也說很有紀念意義，要我收好呢。這人都不吃醋的，竟然要人把情敵的戒指收好，呵呵。」

「爸爸太心胸寬大了。」黎筱愛也忍不住笑了。

「可不是嘛，他不吃醋搞得我好緊張啊！哪有這種人啊！」

兩人笑著又聊了很多。雖然丈夫走得很早，但許襄華提起他時並不會特別表現出傷心難過的樣子，母親的堅強也讓當年的黎筱愛很快就走出喪父之痛。母女都不是會沉浸在過去的性子，對她們來說，父親及丈夫雖然走得太早，卻給了她們很多，一回想起來，比起悲傷，更多的是溫暖。

「總之我禮拜六打掃時會注意一下的，有的話我就幫妳放在桌上囉。」

「嗯，麻煩啦！我週六還有另一份稿子要截，又得去加班了，不過下禮拜就忙完了！

又可以暫時悠閒一陣子了。」

母女倆吃飽喝足後決定去散個步消化一下。她們繞了幾個街區，又在附近的超市買了點日常用品，才悠閒地走回家。黎筱愛很滿足也很開心，母親忘了帶晚餐回來這件事她只覺得是偶發事件，畢竟就算再怎麼小心的人偶爾也是會失常，這並不奇怪，也不值得注意。精明的人偶爾會失常忘記事情，而迷糊的人忘記事情已經是家常便飯，無論哪一件，都不是值得特別注意或是大驚小怪的事。

但她不知道的是，顛覆日常的風暴，已經由這些小事開始，在平靜的海面下不動聲色地醞釀起來。

◆◎◆◎◆◎◆

風和日麗的五月。

以時節上來說將夏未夏，但白天的氣溫已經高得會讓人想要拐進路邊的便利商店買支冰出來消暑了。

但即使是面對已經開始炎熱的天氣，S大的學生卻也無法躲進系館裡吹冷氣，偌大的校園人來人往，看起來反而比平常還要更加熱鬧。

校園裡最大的廣場上搭起了一個個紅白相間的小棚子，各種電線、還沒組裝的桌子、木板、以及一眼望過去不能確定是什麼的材料在校園四處堆放，中間甚至還搭起了舞臺。各系館門口也做了裝飾，有學生不時的圍成一團討論或是練習著些什麼，瀰漫著活動前的興奮與忙碌感。

每年的重頭戲——校慶園遊會，就快要開始了。

黎筱愛照常放學後就往S大的圖書館跑。不過這兩天她都會放慢腳步，甚至會刻意繞一下，一邊散步一邊看著跑來跑去準備活動的大學生們。

S大的校慶一直都很有名，每年都非常盛大熱鬧，也有許多校外的人會一起進來玩，就在旁邊的S國中學生當然也不例外。

S中學生都很期待隔壁大學的校慶，這點從最近班上的話題都繞著校慶轉就能看出來。各式各樣的內線消息、社團節目速報飛來飛去，而黎筱愛聽見最多次的莫過於……

「嚴琅鋒學長在校慶時要參與戲劇演出！」

在情報通少女韓沁喜得知這個消息的第一天開始，黎筱愛每天至少會聽見三次這句話——早上打招呼的時候，中午吃飯的時候，下午回家前掃地的時候。

而且學長的死忠粉絲不時還會更新話題的內容，少女覺得自己的耳朵都快要長繭了。

「說起來，為什麼高中部學生會參與大學的校慶演出？我聽說S大的校慶還是以大學部為主，高中部要參加的話只能以聯合社團的方式參加。難道那個學長是話劇社的？」

黎筱愛在校園裡繞了好一陣子才鑽進圖書館，一進門就跑到櫃檯邊上跟杏子聊天去了。這幾天圖書館裡看書的人少，多是借空間討論事情的，於是杏子也樂得清閒；但不知道為什麼，黎筱愛總覺得杏子最近看起來心情似乎不太好，老是心不在焉的。

「杏子姐？杏子姐妳有在聽嗎？」

黎筱愛自顧自地說了一半，發現杏子又神遊了，只好出聲叫她。

「啊？」杏子這才回過神來。

黎筱愛擔心地望著她，道：「杏子姐，妳最近不舒服嗎？還是出了什麼事？總覺得妳好像常常放空。」

「我……沒、沒什麼。」杏子欲言又止地搖搖頭，苦笑了一下，「可能是最近忙校慶的事又要打工，所以太累了吧，沒事！妳剛剛是不是提到嚴琅鋒？我記得妳說過妳朋友很喜歡他啊？」

感覺出杏子似乎不想多提，黎筱愛也就順著她的話繞開了，「啊，對啊，杏子姐妳也知道嚴琅鋒嗎？」

「知道啊，他在S大可是很出名的。」杏子笑了笑，「尤其是在武術類型的社團裡，他簡直就是一個傳奇喔。明明只是一個高二生，可是聽說他偶爾會去兼差當柔道和跆拳道社的指導，之前體育性社團聯合大會上他也有上去打指導賽。聽說他雖然很年輕，但是段數很高，而且又長得很可愛，別看他才高二，我有很多朋友都是他的粉絲呢。」

「耶……雖然之前就聽我朋友說過，可是從妳口中說出來，感覺又更奇妙了。他真這麼厲害啊？」

「很厲害，聽說體育系那邊已經跟他接觸，問他要不要保送直升了，就是厲害到這種程度。」杏子點點頭。

這種稱讚果然要從不是迷妹的人口中說出來才有說服力啊！黎筱愛現在才真的有嚴琅鋒很厲害的實感。

——不過這個感想可不能讓阿喜聽到，萬一要是讓她知道她說破了嘴皮我竟然都對學長沒有絲毫感想，她非把我宰了不可。

少女偷偷吐了吐舌頭。

「那這樣也跟戲劇沒關係吧？他為什麼會去參加戲劇演出啊？」黎筱愛想起了自己的

疑問，「如果是去體育系社團幫忙還情有可原啊？」

「因為這次的藝文表演部分是好幾個社團一起聯合策劃的，由話劇社、音樂社跟武術社主辦，其他社團協辦。據說劇目是改編過的拇指姑娘還是什麼的……詳細我不是很清楚，總之中間會有不少武打橋段，所以他們就找嚴琅鋒來參加了。」

「拇指姑娘？那學長要演什麼？」

說到這個故事，黎筱愛腦中只冒出了癩蝦蟆、鼴鼠和甲蟲。嗯，也可能是演最後的王子，但是王子有打戲嗎？雖然說改編過的話什麼都有可能發生。

「這個我就不知道了，對這個消息，他們可是保密到家。妳朋友想看嗎？」

「她超想看的，她說那天連攤位都不要逛，她一早就要去禮堂等著搶位置。」

想起韓沁喜的迷妹程度，黎筱愛絕不懷疑她真的會那麼做。

「哈哈哈，她想要多早去～」杏子笑開了，「這齣戲的時段是下午一點，而且十一點上午最後一個節目結束之後，他們就會把禮堂關起來布置背景等等，開演前半小時才會開放。太早去只是白費功夫而已。」

「那太好了，至少我們還能去逛逛烹飪社、調酒社或是手工藝社的攤位。」黎筱愛舒了口氣，但隨即又苦惱起來，「不對，她一定會想守在禮堂的入口處偷拍學長之類的。天，那也就是說我只好自己去逛了？」

「如果她只是想要見嚴琅鋒的話，不需要這麼麻煩啦，我搞不好可以帶她進後臺喔！」

黎筱愛愣了一下，隨即瞪大了眼睛，吃驚地望著杏子。

「後、後臺？」

「忘了說。」杏子嘿嘿一笑，「我同學啊，就是劇本負責人之一喔。」

◆◎◆◎◆◎◆

校慶當天。

「小愛～妳朋友真的可以帶我們進後臺嗎？真的嗎？」

韓沁喜拉著黎筱愛的手，興奮得整個臉都紅撲撲的。雖然黎筱愛已經保證過很多次，但她還是無法想像竟然會有這麼好的事。

「妳要問幾遍啊！」

黎筱愛忍不住翻了白眼，「我說過很多次啦！杏子姐的朋友是戲劇系的，負責編劇嘛！她也問過了，只要我們不打擾他們布置，在旁邊看一下是沒什麼問題的。妳看完還能直接去觀眾席占位子，多方便啊，還不快跟我磕頭道謝。」

「小愛妳果然是愛著我的～我愛妳！」

韓沁喜撲上去摟住她的脖子，在少女臉上用力親了一下，發出很大的「啵」一聲。

「我當然愛妳呀！小傻瓜～」

黎筱愛一邊很敷衍地回答，一邊將自己剛剛才買到的、畜牧系自製的霜淇淋拿得遠一些，免得被韓沁喜撞掉在地上。

「呀～～我可以近距離看到學長了！相機都準備好了！如果可以連學長那個神秘的朋友都一起看到的話就太幸運了！」

韓沁喜興奮得簡直要原地轉圈了，兩條長辮子隨著她扭動的姿勢晃來晃去。黎筱愛舔了一口冰，看著阿喜跟花痴一樣的反應，心裡想著：學長真是個罪惡的男人。嗯，學長的男人也是個罪惡的男人。

自從黎筱愛向韓沁喜說了這個消息之後，韓沁喜就開始心心念念地盼著S大校慶能快點開始。也因為有了能先進去搶禮堂座位的保證，她總算打消去後門堵嚴琅鋒的念頭，乖乖地順著小愛的要求，在校慶的上午跟她一起去逛攤位。

其實黎筱愛原本還有想過要不要約拉比一起來，但拉比表示那天他有事，少女只好打消了念頭。

「哇小愛妳看，這個好可愛～」

「啊，真的耶，這個也不錯！」

她們愉快地在社團攤位區逛過一攤又一攤，手工藝社的攤位有很多手製的小飾品，兩個少女簡直看得走不動路，好不容易保住錢包的性命脫離了手工藝社的範圍，又被調酒社的花式調酒表演吸引了目光。

S大的校慶熱鬧非凡，看點跟玩點都很多，偌大的校園塞滿了人，老老少少大大小小擠得水洩不通，只有在沒有攤位的操場邊緣，人才稍微少一些。

兩人逛了好久，繞了攤位區一、兩圈後終於累了，然後才奮力從人潮中擠出來，脫離了人最多的攤位區，在陰涼的樹下稍事休息。

「呼，人真的好多啊。」

黎筱愛拿著冰涼的碳酸飲料吸了一大口，用力地呼了口氣，「人一多就好熱。」

「是滿熱的。」韓沁喜用手搧著風，掏出手機來看了看時間，「欸，小愛，妳那個朋友說什麼時候要去找她？已經十一點五十五分了。」

「啊糟糕，該走了！」黎筱愛連忙跳了起來，「她說差不多十二點在禮堂門口等她的！

快走！」

「什麼！從這裡到禮堂用跑的也要七、八分鐘！黎筱愛妳這傢伙要是害我看不到學長妳就死定了！」

韓沁喜也立刻跳了起來，抓著好友的手就往禮堂衝去。

「逛得太開心了差點就忘記時間啦！這邊，走這邊抄小路比較快！」

「什麼！這邊真的有路嗎！」

「有啦，相信我！」

兩名少女死命地在校園裡飛奔，從系館與系館間的縫隙一溜煙地鑽過去，走著只有黎筱愛這種沒事會逛大學校園的人才知道的小路，硬是用了一半的時間就跑到了禮堂門口。

兩人上氣不接下氣，累得喘個不停，黎筱愛看杏子還沒來，心裡直呼好險，從背包裡掏出手機，打開即時傳訊軟體就發了一個「已經到了」的訊息過去。

「妳朋友……還沒來？」韓沁喜一邊喘一邊問。

「好像是……還沒……」黎筱愛也一樣喘個不停，她們靠在禮堂緊閉的門邊上休息了一會，每當有人走過來黎筱愛就要伸頭望一下，但卻始終沒有看到杏子。

「奇怪？」

她打開手機，剛剛傳過去的訊息沒有已讀的字樣，她心裡開始有些不好的預感。

不會是忘了吧？

「怎麼樣？」韓沁喜疑惑地望著她，「妳朋友還沒來耶？十分了。」

「嗯……」

黎筱愛沒有回答，她打開電話簿，找出杏子的號碼試著打過去，但是電話並沒有接通，直接就轉了語音。

「欸，怎麼會這樣。」

少女這下不知道該怎麼辦才好了。說好要帶她們去後臺的，怎麼人竟然就不見了呢？

「到底怎麼樣啊？」

韓沁喜見她的表情不妙，也開始急了，「妳朋友在哪？」

「不知道，她電話打不通。」

怎麼辦才好？

黎筱愛看看緊閉的禮堂大門，又看看一邊疑惑又緊張的好友，心裡也沒了頭緒。

杏子到哪裡去了？

「不然我們再等一會吧。」

她只能這樣提議，韓沁喜自然也提不出更好的辦法，也就乖乖地跟著等。但是又等了十分鐘，都快十二點半了，杏子依舊沒有出現。

「再這樣下去等等就可以直接入場了。」

看著已經聚集起來準備等半小時開門的人群，韓沁喜有些無奈地說。

「抱歉，我不知道為什麼會這樣。」

「算啦，也怪不了妳。」

原本高昂的心情已經被這個意外的狀況澆熄了不少，黎筱愛有些埋怨起杏子來。

——迷糊成這樣也太誇張了，明明前一天晚上還跟她確認過時間的。

她翻著通訊軟體的對話紀錄，無奈地嘟著嘴。

這時，她們背後靠著的門發出了一聲輕響。兩人嚇了一跳，連忙從門邊離開。黎筱愛看了看手機上的時間，還有十分鐘才開門，難道是要提早？

禮堂的門輕輕打開了一道小縫，一個看起來約大二、大三的女孩子探出頭來張望了一下。她看見站在門邊的黎筱愛和韓沁喜，試探性地叫了聲：「小愛？」

「啊，是、是我。」

黎筱愛嚇了一跳，慌張地舉起手。

「啊！她真的沒來嗎？妳們快點。」女子側過身示意她們進來。

兩名少女面面相覷，但總之是一前一後地溜了進去。

「不好意思，還沒開放入場喔，請再等我們一下子～謝謝，謝謝。啊這兩個是我們請來幫忙的朋友，是工作人員，等一下就開放了，請再等一下喔～」

短髮的女子又跟外面等待的人招呼了兩三句才把門關上，然後舒了口氣，「呼，我就在想杏子怎麼沒打給我？真是的，該不會又忘了吧？」

「請問妳是……」黎筱愛雖然心裡已經有底，但還是想確認，「杏子姐的同學？」

「嗯，我是話劇社的，這次的編劇之一，叫我小安就好。」小安迅速地走下臺階，並示意她們跟上，「杏子有跟我說想帶人來後臺，我都跟她說了要她到門口時打給我，結果始終沒接到電話。我忙到剛剛才想起這件事，趕快到門口看看，還好有先問她妳的名字。」

「啊，謝、謝謝……」

黎筱愛和韓沁喜互望了一眼，交換了一個疑惑的眼神。

雖然有些莫名其妙，但好歹是進來了，原本有些低落的心情也稍微好轉了起來。小安帶著她們爬上了舞臺，往布幕後面鑽去，黎筱愛感覺自己的手被好友握得很緊，那手心還有些濕。

「有這麼緊張喔？」

「當、當然緊張啊，我就要很近距離地看到學長了耶！」

韓沁喜連聲音都在發抖，黎筱愛噗了一聲好不容易忍住了笑。

「啊，讓開讓開，小心～」

「嗚哇！」

才剛鑽到後面，迎面就有兩個大男生抬著桌子過去，兩名少女連忙往旁邊閃。

「別站在路中間，快點過來！」小安急著朝她們招手，兩人迅速地穿過走道跑到對面的牆邊。

「嚴琅鋒學長在哪啊？」黎筱愛望著來來往往的人，覺得都是一些大學生，沒見到像是高中生的人。

「這邊，剛剛才在換衣服，現在應該好了。」

小安帶著她們往狹窄的後臺盡頭走去，推開牆邊的門。才剛推開門，黎筱愛就聽見一陣爆笑聲。

「哈哈哈哈！小黑你竟然會答應穿成這樣演出！哈哈哈哈！」

她朝裡面探頭，在掛滿戲服的衣架後面，看見一個穿著帶圍裙的洋裝的金髮少女，與一名背對著他們，矮了一個頭的少年。

「你笑什麼笑，笑什麼笑！」

洋裝「少女」伸手捏了捏指著他笑個不停的少年的臉，「兔米你不是很在意禮節的嗎？吭？怎麼可以這樣指著我笑呢？」

「啊你放、放手！」

少年掙扎了一下，「少女」又揉捏了一會才依言放開。

「那是……男的？」

黎筱愛愣愣地自言自語，而她身後的韓沁喜已經開始興奮地跺腳了。

「天啊～～學長！是學長！好帥！」她用又細又尖的聲音小聲地喊著。

「這樣妳也行？」

看著那張被畫上了濃妝的臉，對嚴琅鋒原本就沒什麼印象的黎筱愛，現在愣是想不起他原本長什麼樣子。其實如果仔細看是可以看得出來嚴琅鋒跟拉比一樣，有著比一般人稍微深一些的五官輪廓，眼睛很大，鼻梁高挺，應該是個好看的美少年；但在舞臺妝的掩蓋下，少女根本無法想像他原本的長相。

「學長化成灰都是最帥的灰。」對於這個問題，韓沁喜毫不猶豫地給了肯定的回答。

黎筱愛翻了翻白眼表示：妳開心就好。

「不是我在說，小黑你最近是壓力太大了才會同意要演出的吧？有這麼辛苦嗎？」

少年又開口了，這次聽起來比較正經。

這聲音聽起來怎麼有點耳熟啊？少女默默想著。

「……我原本沒有要演的，就是不小心在黑帽子面前說溜了嘴。他一聽到要我演『女主角』，開心得跟什麼一樣，死命纏著要我答應參與演出，不然就要罷工，我能怎麼辦？」

嚴琅鋒無奈地嘆了口氣。

「他最近有好好吃藥嗎？」

「吃什麼藥！你不要說得他好像還有救似的。」

「我說啊，你還是要拿出一點威嚴來──」少年說教似的道，「面對『王牌』……」

王牌！

「啊！」

黎筱愛忽然大叫了一聲，少年立刻回頭，跟她正好四目相接。

「黎筱愛？」

「拉……白晨卯！」

差點又叫錯了，沒事弄兩個名字幹什麼！黎筱愛在心裡埋怨著。

「咦？」

這事態發展太讓人意外了，韓沁喜還在後面丈二金剛摸不著頭腦，黎筱愛就三兩步跳了過去，「你怎麼會在這裡！」

「我才想問妳怎麼會在這呢？」

紅心王儲驚愕地看著少女與站在她後面的朋友，「妳們怎麼能進來？」

「小安姐帶我們進來的。倒是你……」黎筱愛看看拉比，又看看嚴琅鋒，「該不會你們認識？」

「嗯……」

王儲跟穿著洋裝的少年互望了一眼，「我們認識滿久了。」拉比謹慎地說。

「啊，妳就是『小愛』嗎？」嚴琅鋒打了個響指，然後恍然大悟地道：「玎瑲有跟我提過！說……」

「咳！」

拉比用力地咳了一聲，偷偷地踢了一下少年的脛骨。但來不及了，在聽見玎瑲這兩個字的時候，黎筱愛心中已經瞬間閃出了三個字。

鏡之國！

不會吧，嚴琅鋒學長是鏡之國的人？

這消息太讓人吃驚了，她瞪大眼睛望著穿著洋裝的少年，一時不知道該說什麼才好。

「玎瑠是誰啊？」完全不懂現在什麼狀況的韓沁喜，拉拉黎筱愛的衣角，小聲問著。

「呃……」黎筱愛這才反應過來，這裡還有個完全狀況外，而且也不可以讓她進入狀況內的人在，「是、是小卯的一個朋友……啊對了，妳不是想見學長嗎？快點把該說的說一說，我們出去占位子了啦！」

韓沁喜並不是這麼好擺平的一個女孩，這個解釋肯定不能讓她滿意，之後還要追問。要讓她不追問的方法就是——直接讓她衝擊到忘了這回事！於是黎筱愛毫不猶豫地使出了殺手鐧，把還沒反應過來的好友一把推到了嚴琅鋒面前。

「咿！」

韓沁喜倒抽了一口氣，整張臉漲得通紅。嚴琅鋒歪著頭看她，兩人無語對望了一陣子，少女才像用盡力氣似的，結結巴巴地開口：「那、那那那個，學、學長……」

「嗯？」

「可可可可以跟我握手嗎？」

「好啊。」

少年大方地伸出手來，韓沁喜雙手發著抖握上去，停了幾秒後就又趕快抽了回來，一轉身敏捷地閃到黎筱愛後頭去了。

「學弟～差不多要開始囉！」

此時，小安從外面探頭進喊道。

「好！好了，一起出去吧。」

嚴琅鋒領著三個人走出了更衣室，然後爬上舞臺。小安接手將黎筱愛一行人從旁邊帶了出去，輕聲說：「剛剛聯絡上杏子了，她幫妳們占了前面的位置，在那邊。」

黎筱愛探頭，果然看見杏子朝她們揮手。

「所以她？」少女還是很想知道為什麼杏子要放自己鴿子。

小安沉默了一下才說：「妳等等自己問她吧。開場了，去坐著吧。」

杏子占了個第三排中間的好位子。黎筱愛把能最清楚看見舞臺的地方讓給了還在衝擊中沒緩過神來的韓沁喜，然後在她跟杏子中間坐下；拉比看了看杏子，一言不發地坐到了女子的隔壁去了。整個禮堂已經幾乎坐得滿滿，甚至還有人坐在走道上，但少年旁邊卻空了個位置，始終沒有人去坐。

黎筱愛雖然覺得很奇怪，但現在她更在意的是杏子的事。

「杏子姐，不是約好了十二點嗎？妳怎麼沒有來？我們在外面等了好久。」她有些怨懟地說。

杏子說了聲抱歉，但沒有再多解釋什麼，而且整個人不知為何細細地顫抖。

就在黎筱愛還想繼續問些什麼的時候，會場的燈「啪」的一聲暗了下來。

「S大第三十五屆校慶特別劇目——《戰鬥吧，拇指姑娘！》即將開始——」

隨著廣播，會場的掌聲也響了起來。

這時候再多問什麼也顯得很不識相，黎筱愛決定看完劇再說。這時，她不經意地往拉比旁邊空著的座位瞄了一眼。

不知何時，那裡多了一個高大的人。

——咦？他是什麼時候來的？

黎筱愛忍不住多看了兩眼。那人頭上戴著一頂看起來像是軍帽的帽子，帽簷壓得低低的，讓人懷疑他是否看得前方；而雖然在黑暗中看不太清楚，但黎筱愛依稀可以看出，這人竟然在這樣炎熱的天氣，穿戴著披肩與黑色的長袖大衣。

——這個人怎麼感覺怪怪的。

黎筱愛原本想叫拉比看，但此時，那個奇怪的人卻轉過頭來，稍微抬起了帽簷——一雙金色的眼睛正好對上了她的視線。瞬間，黎筱愛覺得背後有一陣寒冷刺進脊椎，冷得她一下起了雞皮疙瘩。

怪人對她彎起眼睛笑了笑，豎起一隻指頭擋在唇上，然後指指舞臺。

少女機械性地將頭轉回前方，正好看見舞臺的布幕拉起。

劇開始了。

第五章　這裡，有東西遺落了。

In there, something is missing.

「真沒想到是這樣的劇情啊……」

黎筱愛從禮堂走出來時，差點忘了自己被杏子放鴿子的事。劇情實在改編得太出人意料了，她無法用好看或是不好看一言蔽之，唯一可以肯定地說非常精彩的就是幾乎貫穿全劇的打戲。

飾演拇指姑娘的嚴琅鋒雖然只是個高中生，但就像杏子之前說的那樣，他動作流暢，富有韻律，雖然是套好的路數，但是他揮拳踢腿的姿態既穩定又優美，一點都不含糊，實在讓人相當著迷。

「學長太厲害了！」

至於原本就是嚴琅鋒迷妹的韓沁喜整個人已經陷入了半瘋狂狀態，她陶醉地用雙手摀在心口，瞇著眼睛，「怎麼可以這麼美！學長！不只是臉蛋，還有身材！有幾個女生有辦法有那個腰！還有他撩起裙子一踹時……那雙腿！實在是太美了！黑絲襪好適合他！打架時也像是在跳舞一樣啊！我有來看真是太好了！我愛學長！」

黎筱愛已經完全不想理她了。雖然劇情裡有很讓人想吐槽的地方，她急需找人一起聊一聊，但看韓沁喜的樣子，八成是沒指望了。

她的好友已經埋頭打起了手機，不時發出呼呼呼的興奮笑聲。聽說她們開了個「嚴琅鋒與神秘男子後援會」的群組，現在群裡面的討論大概已經熱火朝天了吧。

「杏子姐，妳……」

她轉頭想轉換對象找杏子聊，但看見女大學生的臉時，黎筱愛卻怔住了，沒說完的話也卡在喉嚨中，沒能繼續說完。

杏子的樣子實在太奇怪了。

她表情木然，一點都不像是剛看完一齣刺激又緊湊的戲劇的模樣，眼神空洞地望著前方，腳步虛浮，似乎又進入了神遊的狀態。

那不是單純的發呆或是想事情而已，最令人擔心的一點是，她的眼睛沒有神采，用玄乎一點的話來說，就好像是丟了魂似的。

而且，少女發現，杏子的手還在細微地顫抖。

「那個，杏子姐，妳還好嗎？」

她輕輕扯了扯杏子的衣服，杏子停了一下，然後才像是忽然醒過來似的轉頭看她，剛要張開口說什麼時，一陣機械的音樂聲傳了出來。杏子趕忙打開包包掏出手機，才接通黎筱愛就聽見電話中傳出很大聲的質問：「杏子！妳現在到底在哪裡啊！」

「啊，我、我在……我在……」

杏子四處張望著，看起來無助又慌張。黎筱愛轉頭看著她們剛剛才離開的禮堂，疑惑地輕聲提醒：「禮堂前面。」

「我、我在禮堂前面……」

杏子這才吞吞吐吐地回答。

之後的對話就聽不太清楚了，但黎筱愛依稀能從杏子的回答分辨出一些端倪，似乎是今天系上的攤位或是活動已經安排好了杏子要輪班，但杏子卻沒有出現，現在同學打電話過來罵人了。

「對不起，對不起……明天？明天……你能不能再傳一次班表給我？啊？在ＦＢ社團上？呃……好，我知道了，對不起……」

她連連道歉，最後終於掛了電話，就連切斷電話的姿勢看起來也都很慌張。黎筱愛和韓沁喜面面相覷，她轉頭看了看拉比，卻意外地發現少年用很凝重的眼神看著杏子。

怎麼回事？

黎筱愛敏銳地覺得，拉比似乎知道些什麼。

「杏子姐，妳接下來有空嗎？」

就在她這麼想的時候，拉比開口了。

「啊？」

杏子茫然地望著他，停了一會後才搖搖頭，低聲道：「大概吧……我也不知道……我……應該……是有空吧……」

不只是表情奇怪，連說出來的話也是顛三倒四的。這到底是有沒有空？黎筱愛覺得很奇怪，但看看拉比，似乎沒有什麼太大的反應，只是依舊一臉凝重。

「你們等等還要去哪裡嗎？」

韓沁喜停下了滑手機的動作，疑惑地看著氣氛詭異的黎筱愛三人。她似乎沒有察覺杏子的異狀，不知是因為不熟所以不方便多問，還是……

黎筱愛看著好友手上的手機，從剛才出來開始就不停地發出訊息聲。

……還是心思都放在別的事情上了。

「妳手機怎麼那麼吵？」

「哦，就是後援會的 LINE 群正在討論剛才的戲。」韓沁喜露出一點羞赧的表情，就在她說話的當下，手機還是在咚咚咚地響。

果然啊！

一向很好奇的黎筱愛少見地一點都不想知道她們在討論什麼。有些事情還是不要知道太多比較好。

「那個，小愛，我想回去參與一下討論，所以如果等一下沒事的話，我就先……」

「哦，沒事沒事！」

黎筱愛正想著怎麼跟韓沁喜說讓她先走，對方這麼一提倒是讓她連想理由的工夫都省了，「妳有事就先回去吧，但我可能還要跟杏子姐逛一下。」

「好，那我就先回去啦。禮拜一見～」

「拜拜～」

目送好友走遠後，黎筱愛鬆了口氣。她看了看持續處於茫然狀態的杏子，接著跑去拉比旁邊，扯扯他的衣服，道：「你是不是知道什麼？」

「其實我想跟她單獨談——」

「不行！我想知道杏子姐怎麼了！」拉比的話還沒說完就被黎筱愛打斷了。

「我想也是。」拉比嘆了口氣，「真要說，這事搞不好也跟妳有點關係。」

「跟我？」

少女眨眨眼，有些丈二金剛摸不著頭腦。

「所以，杏子姐，妳有空嗎？一下子就好，我想跟妳聊一下。」拉比又問了一次。

杏子茫然地轉頭看著他，勉強扯出一個笑容，「還是算了……不好意思，小愛，我……我想回家了，今天放妳鴿子很抱歉，不過我有點……」

「妳最近是不是常常忘記事？忘記不該忘的事。」拉比直接打斷了她。

面對黎筱愛不客氣就算了，但是面對的是不熟的杏子。

黎筱愛驚訝地看著少年，這不像是一向遵守禮儀的王儲會做出來的事情。但拉比沒有理她，只是直直地望著聽見這句話後瞬間露出訝異表情的女大學生。

「你怎麼知道！？」

「我也許還知道解決的辦法。」拉比說，「找個地方坐下吧，總不能一直站在這。」

三人最後找了一家咖啡廳坐下來。

他們隨意點了些東西，服務生走後，杏子才急匆匆地問：「小……小卯，你怎麼知道我最近總是忘記事情？」

「可是，杏子姐不是很迷糊嗎？忘記事情是常有的吧？」黎筱愛忍不住說。

「不一樣！」

拉比跟杏子同時異口同聲地回答，把少女嚇得一愣：「不一樣？」

杏子沒有繼續說，她用求助的眼神看著拉比。

王儲優雅地拿起水杯啜了口，道：「她的狀況不是因為迷糊所以忘記事情。而且她忘的也不是什麼小事，或者應該說，她忘的不是一些太正常的事。對嗎，杏子姐？」

杏子渾身顫抖，要不是她緊咬著嘴唇，黎筱愛懷疑她可能會哭出來。

做了幾個深呼吸後，杏子抖著聲音開口：「對。」

「忘記的……不是太正常的事？」

黎筱愛覺得這聽起來有些奇怪。人哪有什麼事是不會忘的？一忙起來吃飯睡覺上廁所都會忘記呢。

「小愛，妳知道我今天為什麼會放妳鴿子嗎？」杏子看著她，紅紅的眼睛裡帶著恐懼與不解。

那讓黎筱愛直覺她是不是出什麼意外了，擔心地問：「妳今天在路上出什麼事了嗎？車禍？還是被搶了？」

「不是。」她搖搖頭，「我在家裡？」

「在家裡？」

「我被關在家裡……出不去。」杏子不安地緊握著雙手，「我跟平常一樣起床，知道今天是校慶，但是東西收拾好了之後，卻出不去。」

「咦？門壞掉了嗎？」

「門沒有壞。我忘了……」她頓了頓，做了個深呼吸，繼續道：「我忘了怎麼開門。」

黎筱愛愣住了。

這是什麼理由？不對，這算是個理由嗎？有這麼蹩腳的理由嗎？要說忘了鑰匙在哪都還比這可信一些！哪有人會忘了門怎麼開？

「妳不相信對嗎？可是我沒有說謊！」

杏子的眼睛濕潤，好像隨時要哭出來似的。

「我看著門，一下子忘記要怎麼開它了。我甚至在想這個長方形的是什麼東西？上面掛著衣服，是衣架嗎？然後我就開始推它，當然是推不開的……我很慌張，握住門把用力扯，但還是不開。我那時候甚至忘了那個是門把，只覺得是長方形上突出來的一個不知道是什麼東西。」

「那種感覺很奇怪，就像……就像這個東西的知識硬生生從妳腦中被拔掉了。我就這樣被困在家裡，我坐在床上，不知道該怎麼辦。這玩意……」她拿出手機放在桌上，「一直發出聲音，我嚇了一跳，也不知道該怎麼辦才好，只能讓它一直響著。」

黎筱愛看著那隻再平常不過，幾乎所有人都有一隻的手機，又抬頭看看杏子。

「對！我忘記的不只是怎麼開門，還忘了手機是什麼。」杏子苦惱地低下頭，雙手插入髮中，聲音聽起來很虛脫，「最後是跟我比較熟的同學跑到我住的地方，我們雞同鴨講了半天，我把她說的那個鑰匙……當時我只覺得是一個形狀很奇怪的鐵片，遞給她，她開門讓我出去。那時候已經十二點多了，我趕快聯絡小安，那時才跑去禮堂。」

黎筱愛張大了嘴，一下子不知道該說什麼。從杏子口中說出來的事情太不符合邏輯了，也太不合理了，破綻多得跟漁網一樣，但是杏子痛苦的表情，又讓人覺得懷疑她說的話是一件很過分的事。

「可……可是……妳都記得有跟我約，為什麼會單單忘了……而且妳不是說忘記了，之後妳是怎麼聯絡小安姐的？」

「我從家裡出來後忽然就想起來了。」杏子的聲音聽起來很疲憊，「好像原本遮在腦中的什麼迷霧忽然散開了一樣。但它只散開了一點點，我覺得我還有什麼應該要記住的東西忘掉了，可完全想不起是什麼！」

這是當然的，要是想得起來，就不叫忘掉了。黎筱愛這麼想著。

「這種情況在之前就發生了，對嗎？」拉比問。相對於問個不停的少女，他似乎對杏子的情況一點都不覺得驚訝，只是一直表情凝重。

「對。」杏子點點頭，「前兩天，我起床時才忘了自己是大學生，還想著我這麼早起來要做什麼。還好我打開錢包時看到了學生證，才又猛然想起來我應該要去上學。」

「這太奇怪了！」

「我沒有在說謊，小愛。其實我一開始只是比平常更容易忘東忘西而已，我也懊惱的不停地告訴自己不可以這樣，一定要更謹慎，隨時看看筆記，看有什麼漏掉了，可是後來我覺得自己忘掉的事情已經越來越不正常了，一般人會忘記這些事嗎？我很害怕，在想要不要去看醫生；可是這要掛哪科？內科？還是精神科？我沒有毛病，我只是……我只是忘記了。」

說到最後，杏子直接抱著頭伏在桌子上，黎筱愛可以聽見小小的啜泣聲，也可以看見她一直在發抖。

「之前我就覺得有點奇怪了，可是都沒有持續太久，一下就想起來了，所以我雖然有點擔心，但也安慰自己可能是太累了，恍神。但今天真的嚇到我了。」

「杏子姐。妳有沒有，弄丟過什麼很重要的東西？」拉比問道。

「重要的東西？」杏子抬頭看他，眼眶和鼻子都是紅的。

「尤其是有紀念價值的東西，像是曾經有人送給妳，妳原本很珍惜的，但是不小心弄丟了，類似這樣的。」

黎筱愛疑惑地看著拉比。這個跟杏子的症狀有什麼關係？

杏子的表情很茫然，大概跟黎筱愛想的差不多，但還是猶豫著回答：「你這樣忽然問……我想不起來……」

「那個東西應該一直都在妳手邊，或是被妳收得好好的，但是後來不見了。」拉比提示道。

「我有掉過一些手機吊飾或是鑰匙，或是傘，很久以前也有掉過錢包，但是那些都不太重要，而且我的錢包後來也找回來了，當然錢是沒有了。」杏子努力地回想。

「可能不會是太久以前的事。而且妳可能也沒發現妳弄丟了，例如大掃除的時候不小心跟其他雜物混在一起了，想起來時才發現已經找不到了之類的……」

拉比對這個問題很執著。黎筱愛雖然覺得奇怪，但是拉比看起來好像比當事人還要更瞭解狀況，她身為一個完全摸不著頭緒的旁聽者，也不方便多說什麼話來打擾他們。

「說到大掃除……」杏子忽然想起了什麼，「我上大學那年暑假，我爸整理了我的房間，一口氣清了抽屜裡的考卷什麼的。我是回家才發現的，還跟他鬧了一陣子。他覺得是雜物的東西全都丟了，也沒問過我。我生氣歸生氣，但東西扔都扔了我能怎麼辦？也只能那樣了。」

聽見這個，拉比眼睛一亮，「有什麼東西可能在那裡面嗎？」

「可多了，同學送我的小東西或是一些小卡片全在那裡頭。」杏子嘆氣，「我桌子亂，有時候爸媽叫我收拾，我就把桌上的東西塞抽屜裡。所以我只知道裡面有很多東西，但有些什麼我自己都搞不清楚，原本想趁那個暑假整理一下的，結果連整理的工夫都省了，全都被丟光了。」

「這樣啊。」拉比沉吟了下，不說話了。

「請問……為什麼要問這個？」杏子吸著鼻子，疑惑地問。

「沒什麼。我就是隨口問問，請不要在意。嗯，杏子姐，關於妳的狀況應該不需要太擔心，很快就會好轉的。」

拉比沒有回答她的問題，倒是給了這麼一個承諾。

杏子有些不敢置信地問道：「真……真的嗎？你怎麼知道？」

「嗯，我爸爸是心理醫生，他看過一些類似的案例。妳猜得沒錯，就是因為壓力太大了才會發生這種狀況，校慶快結束了，所以應該會慢慢好轉。」

拉比信誓旦旦地說。他直直望著杏子的眼睛，後者像是被什麼吸引似的無法移開視線，也回望著他。

「杏子姐，妳今天就回去，好好地洗個熱水澡，休息一下，等校慶結束後，回家把房間整理整理，如果有找到什麼曾經很珍惜的東西，就把它帶在身上。」

「嗯……好……」

杏子緩緩地點頭，眼神看起來有些失焦。

黎筱愛看看拉比，又看看杏子，偷偷戳了一下少年的腰。

「妳……！」拉比猛地歪了一下身子躲閃，氣急敗壞地看著她，「幹什麼！」

「嗯？」

就在少年的視線轉移的同時，杏子就像忽然從夢中清醒了一樣，她眨眨眼，搖搖頭，輕輕揉了揉眉心，「我剛剛好像恍神了一下？」

「這就是我想要問的！」黎筱愛抓著他的手，有些氣鼓鼓地說：「你剛剛對杏子姐做了什麼事？」

「我跟她說話而已，妳有什麼問題？」拉比瞇起眼睛，挑了挑眉毛。

「小愛？妳怎麼了？」杏子疑惑地看著少女，「小卯就只是在跟我說話而已啊？」

「不對，剛才明明……」黎筱愛話說到一半又停住了，她看看一臉不耐的王儲，又看看完全不知道發生了什麼事的女大學生，猶豫了半晌之後嘟囔著說：「沒事，算了。」

拉比瞄了她一眼，然後轉頭跟杏子道：「總之就是這樣，妳不用擔心，好好休息，過一陣子就好了。時間有點晚了，我可能要先走，不好意思。」

「啊，好……」杏子愣愣地看著他。她隱隱覺得這個男孩子有些奇怪，雖然看過好幾次黎筱愛跟他一起來圖書館，交談的次數也不少，但不知道為什麼，杏子就是覺得他有點難讓人記住。

而且，講話的口氣跟個小大人似的。

「拉……小卯，你要去哪裡？回家嗎？」黎筱愛連忙拉住站起來的拉比的袖子問。

「是，回家。」拉比不自在地輕咳了一聲，將眼睛往別的地方瞄，「妳之前不是說要來玩？要順便一起來嗎？」

黎筱愛愣了一下，但隨即意會過來，「啊，好！我順便一起去！」她迅速地揹起自己的包包，跟杏子說：「那、那杏子姐我們就先走了！禮拜一圖書館見囉？」

拉比向女大學生輕輕點頭致意，跟黎筱愛迅速離開了咖啡廳。

「咦？欸，可是……」

杏子望著兩人消失的門口，回頭看著桌上幾乎沒有動過的三杯飲料。

「這些該怎麼辦啊？」

◆◎◆◎◆◎◆

「拉比，拉比！」

黎筱愛小跑步跟上走在前面的王儲，「你要回哪裡？鏡之國嗎？」

「請問，我有其他的家可以回去嗎？」拉比無奈地反問她。

「你為什麼要問杏子姐那些問題？那跟她的症狀有關嗎？你知道她得了什麼病？」

少女連珠砲似的發問，王儲揮了揮手，要她安靜下來。

「那不是病。」

「不是病？」

「那是一種『影響』。」拉比一邊說一邊快步走向圖書館。

因為是校慶的關係，圖書館沒有開門，平常總是亮晃晃的一棟現在看起來陰暗許多。

拉比迅速繞到建築物後方，左右觀察確定沒有人後，從口袋裡掏出鑰匙打開了後門。

「你怎麼會有後門鑰匙？」黎筱愛驚訝地問。

「圖書館不開的時候，我總要有方法回去吧。快進來。」拉比催促著。

少女也觀察了下確定四下無人，才迅速跟著王儲一起進了後門。

圖書館雖然沒有開燈，但外頭天還亮著，而且一樓有大量的窗戶，從外面透進來的光讓整個室內並不是太昏暗。兩人熟門熟路地爬上階梯跑上六樓，藉著鏡子的入口回到了鏡之國。

「玎、瑺！」

剛踏進入口大廳——就是那個有著圓形書牆的房間，拉比立刻大聲呼喊自家的侍童。同時，很多發條兔子也從旁邊的走道跑進來，跟在他身邊。

「殿下，您回來了。」

兩個侍童打開了門迎接，拉比頭也不回地往辦公室走去，邊走邊說：「玎，把沒事的兔子們都叫來，要找一個『遺落之物』。擁有者叫杏子，出現時間不確定，遺落時間大致上是三年前的六到八月，地點是本國。把那段時間的資料都拿來。」

「謹遵王命。」

玎在他身後鞠躬領命，然後帶著一批兔子頭也不回地往另一個房間走了。

「瑠，把返還章和印泥拿來，等等要進行歸還作業。」

「遵命。」

瑠也鞠了躬之後往另一個方向離開了。

黎筱愛跟在後面聽得莫名其妙，什麼「歸還」？是要把什麼還給杏子姐嗎？

「拉比，拉比你跟我說一下啊，現在到底是什麼情況？」

「其實這些本來妳不該知道的，但是……算了。」拉比搖搖頭，「正好告誡妳以後別亂碰東西。」

「什麼意思？」

「那些書……」拉比往外頭指了指，「妳知道外面書架上的那些是什麼吧？」

「你跟我說過，是進入這個圖書館的『遺落之物』化成的書啊？」

「嗯。那些都是普通的『遺落之物』，或者說是『不會造成影響的遺落之物』。」

「影響？」

黎筱愛看了看外頭高高聳立的書架，發條兔子們在書架間穿梭著，有些搬梯子，有些拿書，看起來非常忙碌。

「被遺落的東西，不見得都很『甘願』。」拉比望著書架，表情凝重地說：「有時候，那些不甘被遺忘的東西，會對主人產生影響。它們不願意被忘記，渴望回到主人身邊，或有些會怨恨把它們忘了、弄丟了的主人。一般來說，我們會在造成影響之前將這些東西送回原主人的手上，如果注定不該送回去的，就會進行封印與鎮壓，讓它們不再具有意識，進入沉睡。這些比較特殊的物品都放在另一個房間，就是黑色大門，鎖上的那間。」

「原來是那裡啊……」

黎筱愛知道他指的是什麼。

就跟休息室的格局一樣，拉比的辦公室也有兩扇門，他們常常進出的是前門，另一扇門在辦公桌右邊，連接後面的走廊。少女曾經好奇地去開過那扇門，被兔子和兩位「王牌」聯手拖了回來，她連走廊都沒能進去。

但她還是有瞄到一眼。跟放滿書櫃的前兩條走廊不同，那條走廊非常空曠，沒有放任何書櫃，在走廊盡頭有一扇黑色的門。

後來，拉比嚴肅地告誡她，圖書館的哪裡都能讓她自由通行，但只有那裡不能進去。當時她問了為什麼，也只是被拉比生氣地打發走，跟她說這不是她的事，請不要問那麼多。

「等等，那個影響該不會是……」

「就是類似杏子那樣的症狀。」拉比道，只有回到鏡之國才會出現的兔耳在頭上微微搖晃著，「一開始是遺忘一些小事，然後慢慢變嚴重，開始忘記一些平常不可能忘記的事情，最後連本能都會忘記。到那時候就很嚴重了。」

「忘、忘記本能？」

「忘記進食、忘記睡覺什麼的，都有可能的。」

「竟然……！」

黎筱愛驚訝得說不出話來。竟然會「遺忘」到那種程度，忘記進食什麼的，那可是會出人命的啊！

「我一直覺得她身上有個奇怪的感覺。」拉比用手支著下巴，自言自語著，「那種感覺很像是『遺落之物』在作祟，但又不是很明顯，我一直不敢肯定。其實一直到現在，她身上的那種感覺也沒有變得更加明確，可是看她遺忘的事情就不會錯了，一定是她掉了什麼不該掉的東西。」

「那……你那時候為什麼說，可能跟我有關？」黎筱愛想起了拉比剛剛在禮堂門口說的話，「而且，如果真像是杏子姐說的，那是她上大學的時候發生的事情，距離現在也三年了，為什麼現在才……」

王儲看了她一眼。

「妳還記得那些被妳推倒的書櫃嗎？」

「呃？」話題怎麼又繞到這件事上了？黎筱愛覺得有些尷尬。

「雖然無法完全確定，但我懷疑是這樣的。那陣子，我們剛從『黑書庫』裡面拿出一批已經足夠安定的『遺落之物』到外面的管理室去安置。但沒有多久，妳就闖進來大鬧了一場。雖然那些有可能出問題的『遺落之物』已經在『黑書庫』裡待了夠久，也被我上了封印章，理應沉睡，但妳身為『外面』世界的人，帶著它們熟悉的氣息，再加上妳又推倒了書櫃。這樣一鬧，搞不好有些就『醒了』。」

「欸？真、真的會這樣嗎？」

少女覺得手指一下子褪去了溫度，開始發涼。

——杏子姐會那個樣子，真的是因為我？

「這種案例很少，我們無法確定。但若不是這樣的話，我找不到理由解釋為什麼三年前的『遺落之物』會現在才發作。」

「可、可是也有可能是最近她掉了什麼啊！」

「自從覺得她怪怪的之後，我就把這一年前後有關她的資料都看過了，沒有任何問題。

所以我一開始也以為只是我的錯覺，但最後證實，很顯然我的直覺是對的，只是我查的年份不對，才沒找到東西。」

黎筱愛望著拉比，說不出話來。自己一個無心的胡鬧竟會造成這樣嚴重的後果，巨大的罪惡感一下子讓她不知該如何是好。少女緊抓著上衣下襬，第一次露出了快要哭出來的表情。

「那……杏子姐……」

「不用太擔心。」少年走過去拍了拍她的肩膀。「這是我的工作，我會處理好。」

「會、會不會還有其他人也被影響了？」

「我也擔心這個，所以這陣子可能要把那批『遺落之物』做個大清查。」

「我……我可以幫忙嗎？」

黎筱愛怯生生地看著他。

拉比挑了挑眉毛。

「妳想不幫忙都不行。妳捅出來的婁子呀！」

不知為何，明明聽起來並不是太溫柔的一句話，卻讓黎筱愛隱約覺得，拉比是顧及到她的心情才刻意這樣說的；而聽見這句話，她也的確好過一些了。至少自己不是完全無法補救，只能給別人添麻煩。

「殿下，返還章。」

「殿下，找到了。」

就在這時，兩個侍童都走了進來。瑲捧著一個小盒子，而玎手上則是一疊很厚的書，從側面看可以發現那些書的書頁上都夾著數量不一的書籤。

「拿到這裡來。」

拉比走向辦公桌後面坐定，書和印章立即放在了他面前的桌子上。

「還真不少，看來杏子姐的父親真的是扔了她很多東西啊。」拉比歪頭看了看書本邊上那驚人的書籤量，對兩名侍童說道：「你們也一起找吧，這樣快些。」

「是。」

於是三人各分了一些，開始尋找出問題的「遺落之物」。

王儲翻開一本厚書，直接翻到書籤的那一頁，看了一會又翻到下一個書籤的位置，就這樣一本一本檢查著。每一個書籤夾住的頁數上都被蓋了黎筱愛之前看過的很大的紅色印章，直接橫過書頁的中間。

「不是這個，這個沒問題。這本是遺落的考卷？我的天啊也太多！嗯？這本是卡片……」

「那個……」黎筱愛站在旁邊，小心地問：「我也可以幫忙。」

「這個不行，妳光是字就看不懂了。」拉比連頭都沒有抬起來，「更何況我也不是要看字，有沒有問題，只有身為王儲的我、以及身為『王牌』的玎和瑠感覺得出來。妳就在一邊待著吧。」

「喔……」

這回答只差沒直接跟她說「妳不要礙手礙腳到一邊玩去」了，黎筱愛也只能乖乖地在旁邊的沙發上坐下。

好在，書雖然多，但他們檢查的方式並不算太花時間，一本書需要檢查的部分也不多，三人分工下很快地就找到了出問題的物件。

「有了，就是這個！」拉比翻到某一張書籤做了記號的頁面時忽地大叫了一聲。

玎和瑠立刻將其他的書撤下，幾隻兔子砰砰地從外面跑進來接過那些沒問題的書，又砰砰地跑出去了，桌子的空間立刻大了起來。

「找到了嗎？啊！」

好奇地湊過去看的黎筱愛一看見那個頁面就訝異地啊了一聲。

「怎麼？」拉比轉頭瞄她。

「這個我有看過！我當時隨便翻了幾本，我有看過這隻熊。」黎筱愛小聲地說。頁面上的插圖是一隻有些舊了的熊玩偶吊飾，正是當時黎筱愛看過的那個。

「果然跟妳脫不了關係啊！」

「……」

面對拉比責難的目光，少女只能默默地低下頭。

「算了，反正搞定它就好了。嗯，原來是遺物，難怪能量比較大。」拉比一邊看著書頁上的紀錄，一邊攤出右手說：「權杖！」

雙子的其中一人立刻將靠在一邊架子上的權杖拿起來恭敬地放到拉比手上。那是拉比平常在王國裡做正式打扮時都會拿的一支手杖，黎筱愛看過它好多次了，卻沒想到那支手杖竟然不是一般的手杖，而是有力量的物品。

王儲捧著書，站起身走到桌子前，將書舉到身前——厚重的書在他左手放開後卻沒有掉下去，就那樣飄在空中。此時，黎筱愛感覺到有一陣風朝著拉比的方向湧過去，吹得少年的白髮微微飄動。書頁上有東西微微地發著光，仔細一看，是一個擋住了書頁大半的圓形圖騰，似乎是拿印章蓋上去的。

拉比揮了下右手的權杖，道：「開啟權限。以遺落之物圖書館代理館長的權力，在此收回封印章——」

權杖上方的弧形頂端亮了一下，書頁上的圖騰開始慢慢地淡去。這時候，瑠立刻打開桌上的小盒子，捧出一個很大的印章，在拉比伸出左手時正好交到他手上。

「——並同時賦予你返回所有者之處的權利。返還章，開道。」

拉比將圓形的返還章蓋了上去。與紅色的封印章不同，返還章是如天空般的藍色。頁面上的文字與圖像在返還章蓋上去後就開始慢慢地變淡，最後完全不見，只剩下藍色的印章在上面。在文字完全消失後，書自動合起，輕輕地落在拉比的手上。

「這、這樣就好了嗎？」

黎筱愛看著這一幕，明明應該要覺得很神奇，但可能是因為這個鏡之國本身就夠神奇了，將物品送回主人身邊的過程並沒有激起她太多的好奇心和驚訝感。對現在的黎筱愛來說，她唯一想知道的事情是，是不是只要這樣做了，杏子就不會再受到影響，恢復正常。

「理論上……」拉比一邊說一邊將書交給玎，後者立刻拿著它離開了房間，「理論上這樣就可以了。沒有意外的話。」

「意……意外？」

不會還出什麼問題吧？黎筱愛覺得自己的壓力好大。

「嗯，沒有意外的話。」拉比搖搖頭，「反正真出意外，就超出我的權責範圍了。」

「那、那萬一出了那什麼意外，沒好怎麼辦？」

沒聽見肯定的答案，黎筱愛覺得自己心中的那個重擔就放不下來，像顆石塊似的懸在心上，壓得喘不過氣。

「到時候再說。好了，妳看也看完了，早點回去吧。我有點累了。妳這兩天可以觀察一下杏子姐，應該是不會再有什麼問題了。」

拉比舒了口氣，揉揉眉心，兔耳朵很沒精神地微微垂著。收回封印並將物品返還似乎是一件比較累人的工作，平常背脊挺直，無論站坐都姿勢優美標準的王儲，少見地耷拉了肩膀。

「嗯，好。那我就先回去了。」

看見拉比的模樣，黎筱愛也不好再多待下去。她拿起背包向拉比和瑲道別，離開了遺落之物的圖書館。

第六章　我想說的是：妳是誰？

The question is: Who are you?

拉比說的「意外」並沒有出現。

「杏子姐～」黎筱愛五點下課後準時出現在圖書館，杏子也一如往常地在櫃檯處理借還書的事務。

「是小愛啊！」杏子向她打招呼。

校慶結束後的一個星期，黎筱愛每天都會關心地問她還有沒有像之前一樣的症狀發生。但似乎是將遺忘之物返還了的關係，杏子看起來比前陣子有精神多了，不會再恍神，也沒這麼常聽她說忘記事情或是忘記東西。遺忘之物的「影響」似乎完全消失了。

太好了。黎筱愛心中那顆石頭總算落了地。

「正好正好，我有東西要給妳。」

在小愛蹦蹦跳跳地跑到櫃檯前時，杏子彎身到底下去，悉悉窣窣地不知道在做什麼。

「？」

「這個，說好要給妳的。」

女大學生拿出來的是一本書，正是之前她答應要給黎筱愛的那套小說的第一集。

「啊！我都忘記了！」黎筱愛接過書，驚喜地看著她，「謝謝！」

「不謝，終於拿給妳了。」杏子笑了笑，「最近覺得心情跟精神都變好了，做事也比較專心，沒怎麼再忘記事情了，這種感覺真好。」

「嗯，真是太好了。」

黎筱愛真誠地點頭同意。就在這時，她發現杏子的手機上吊著一個之前沒有看過的吊飾。不，正確來說，她是有看過那個吊飾的，只是不是在杏子的手機上。

是那個玩偶熊。

「杏子姐，那個……」

「喔，這個啊。」杏子拿起手機晃了晃，「好久以前，忘記是誰送給我的小熊？上禮拜忽然在箱子底下翻到，我就掛上來了。」

黎筱愛看著那隻熊，一想到就是它讓杏子變成之前那樣，不禁起了薄薄的雞皮疙瘩。

「嗯，既然是別人送的，那就不要弄丟了喔。」她提醒道。

「？」杏子疑惑地看著她。

黎筱愛只是又強調了一次：「不要弄丟喔。」

「小愛妳好奇怪。」杏子忍不住笑了起來，「應該不會吧，我很少換手機吊飾，除非我把手機弄掉了，不然應該不會把它弄丟的啦。」

「嗯……」

就在這時，黎筱愛的手機響了起來。她說了聲抱歉後就連忙跑出了圖書館接聽電話，是母親打來的。

「小愛妳在哪呀？怎麼不在家裡？」

「咦？媽？」黎筱愛有些驚訝，「妳今天準時下班？」

「對啊，我們昨天就截稿啦！終於全部都搞定了可以休息了，想說回來等妳做飯啊，結果一回家竟然沒看到人。」

母親在電話裡的聲音聽起來有些怨懟。黎筱愛覺得莫名其妙，她疑惑地說：「可是妳昨天沒有跟我說啊，也沒有發訊息跟我說今天會回家，我這兩天都隨便吃啊，妳不早講，冰箱也沒東西。」

一般來說，母親要是結束加班，前一天都會先告訴黎筱愛，母女倆會出去吃飯，或是讓黎筱愛做些好吃的一起享用；但這次黎筱愛卻完全沒有接到任何通知，這讓她覺得十分奇怪。

「我沒有跟妳說嗎？」

「沒有啊？」

「啊！天哪，我不會又忘了吧？」許裏華似乎很懊惱。

又？

黎筱愛覺得自己的背後忽然冷了一下，一股麻竄上手臂，她不自覺地打了個冷顫。

「什麼又忘了？」

「唔，沒事，總之妳現在在哪裡？」

「我現在馬上回去，做飯的話會太晚吧？我買點東西回去吃好了？」黎筱愛看了一下時間，又想想冰箱裡剩下的東西。比起去一趟超市再回家，還是直接買現成的比較實際。

「好，那就等妳回來吧。」

「嗯，好。再見。」

黎筱愛掛了電話，一絲異樣感盤據在心頭。

又？

又忘了，嗎？

不，應該不會吧？

她搖搖頭，覺得自己最近對「忘記」這兩個字實在太過敏感了。

什麼都要懷疑是遺忘之物作祟，這也太不健康了！她拍拍自己的臉，試圖甩去那個不安的感覺。

——不用這麼神經質，拉比也有說過，只有少部分的遺忘之物會造成問題而已，不會這麼巧剛好有關的。

黎筱愛一邊努力地說服自己，一邊離開S大，朝回家的路上走去。

◆◎◆◎◆◎◆

「啊！終於可以像這樣懶在沙發上了！」

許襄華吃了個飽，洗完澡換上睡衣後，就以一種看起來很不雅觀的姿勢趴在長沙發上動也不動。黎筱愛好笑地看著母親，端出切好的蘋果放在桌上，然後在沙發旁邊坐下，幫她捏肩膀。

「老媽～妳辛苦啦～之前就覺得妳這次好像特別累啊？」

許襄華沉默了一下，然後才緩緩地說：「小愛，我覺得人真的不能不服老。」

母親說這句話時帶著一絲感嘆的味道，而且不知為什麼，聽起來還有些難過。

「怎麼了？」

黎筱愛關心地問，卻不料，母親接下來說的話，讓她瞬間從頭涼到了腳。

「其實我也不覺得這次跟之前比起來有特別忙。雖然案子比較大，但相對來說也比較早開始進行，但我這次竟然會忙到恍神。」

許襄華又嘆了口氣，翻起身，用不可思議的語氣道：「偶爾會忘記行程表上記好的事情就算了，妳知道嗎？我今天竟然站在茶水間看著咖啡機想『那是什麼』耶！我一瞬間竟然覺得那是一臺奇怪的機器！明明我每天都會用到它！一直到另一個同事進來看我愣在那裡，才問我是不是要喝咖啡，他順便幫我煮一杯。他講完我才忽然想起來：啊，對哦，這是咖啡機！」

「……」

少女整個人呆住了。

她想起了上一次母親回家時忘了帶晚餐，想起這次她忘記跟自己說會準時下班，而且母親還說會忘記行程表上記好的事情……

還忘了幾乎每天都會使用的機器是什麼。

「小愛？」許襄華發現女兒臉色不對，她有些擔心地喊了一聲。

「啊……不，沒事。」黎筱愛趕忙扯出一個笑容，「妳……妳這兩天要不要請個假休息一下算了？我怕妳累出病來了。」

「應該不需要啦，我睡一覺就好了。接下來也沒什麼繁重的事情要做，就是打樣、藍圖什麼的，那些我都只需要確認就好了，不用請假啦。」許襄華摸摸她的頭，「沒問題，妳媽會量力而為的。不過今天真的好累，我先去睡覺囉。」

「啊……嗯，好。」

「呼啊，累死了。」

許襄華伸了個懶腰，關掉電視，踩著拖鞋啪嗒啪嗒地走回自己房間，不一會就關了燈。

黎筱愛一個人在客廳裡，回想著這一切事情，四肢發冷，指尖更是冷得跟冰塊似的。

跟杏子一模一樣的情況，而且已經會開始忘記不該忘的事了。

黎筱愛覺得自己從來沒有這麼害怕過。

父親過世後，母親就是她唯一的依靠，要是母親出了什麼事情……她不敢想像。

——最近媽媽有掉了什麼東西嗎？拉比說那批清查的「遺落之物」都沒有問題，所以應該不是我動過的那些。

她一邊努力壓下心中的慌亂，一邊思索著解決問題的線索。

好像有，快想啊，黎筱愛……

她心不在焉地收拾了客廳，走到浴室去準備盥洗。

——如果是工作上弄丟了什麼，果然還是要明天早上問老媽一下嗎？可是她平常就不常弄丟東西，有的話我應該都會知道啊！

這時，她一抬頭，看見了洗手檯上放著的婚戒。母親會在洗澡時將它拿下來，今天大概是忘了戴回去。

「連這種東西都忘……等等，對了！戒指！」

黎筱愛忽然想起之前跟母親吃火鍋時，母親要她幫忙找的戒指。

雖然不知道是不是，但也只能找拉比問問看了！

她懷著一顆忐忑不安的心爬上床，望著窗外的夜空，只期盼明天快點到來。

◆◎◆◎◆◎◆

隔天，黎筱愛才剛到學校，就跑去隔壁班探頭探腦地看拉比到底來了沒有。

那班的學生看見隔壁的女孩子在自家教室外頭晃來晃去，不禁悄悄討論起到底發生了什麼事。

「那是隔壁班的黎筱愛？」

「是之前白晨卯暗戀的對象？」

「可是白晨卯說不是啊……」

「但人家找上門了耶？所以現在是什麼情況？」

「而且我看黎筱愛好像要哭了！」

「這該不會是……白晨卯玩膩了要甩了人家？」

「真的假的？看不出來耶！白晨卯是這種人嗎？」

「……你們在說什麼？」

拉比才剛走到自己座位上要放書包，就看見幾個女生交頭接耳地在討論他跟黎筱愛的八卦。他皺著眉頭，冷聲質問。

「呀！」

女孩們看見當事人出現了，連忙散開。

「啊，不是……呃，黎筱愛在外面耶，她好像要找你。」

「我知道。」拉比哼了一聲，放下書包，「我讓她等一下，我是進來放東西的。倒是我跟她只是一般的朋友，請你們不要瞎猜了。」

「對、對不起……」

少年又瞄了一眼那群堪稱是「八卦製造機」的同班女孩，無奈地嘆了口氣，轉身走出教室門。

「看吧，我覺得他們真的有問題～！」

細細的交談聲毫不意外地又在拉比身後響起。他翻了翻白眼，覺得人類這種生物實在是太讓人無法理解了。

「拉比……」

看見少年從教室裡出來，黎筱愛趕忙迎了上去，連上學時要叫他在這個世界用的名字都忘了。

「真是的，有什麼事情非要……」

被班上的女孩一鬧，拉比原本覺得心情有些煩躁，但當他抬頭看見黎筱愛的表情時，卻瞬間覺得不大對勁——

那種慌張與害怕，甚至比當時她知道杏子的症狀可能跟自己有關時還要深刻。

「怎麼了？」他立刻收起了不耐煩的態度，認真地問。

「那個，我媽，我媽她……」黎筱愛抓住拉比的手。

少年驚訝地發現，那雙總是很溫暖的手現在竟然冷冰冰的。

「你母親？」

「我媽她，出現跟杏子姐一樣的狀況！」

「怎麼會！」

拉比皺起眉頭。

雖然「遺落之物」狀態不穩是常有的現象，但一般來說只要蓋上印放進「黑書庫」沉澱個一陣子就能安穩地上架了。比起相對不穩定的「執念」或是「怨念」，「遺落之物」出問題的情況並不多，這下怎麼忽然就冒出兩例來了？

「你會幫我吧？她前陣子好像掉了一枚戒指！我、我猜應該是那枚戒指的問題，你能不能幫我找出來還給她？」

黎筱愛急得都快哭了，拉比看著她泫然欲泣的表情，竟然有些慌了手腳。

「妳冷靜一點，先冷靜一點。」少年先拍了拍她的肩膀試圖安撫她，「那是什麼樣的戒指？」

「這個……我沒有見過……」黎筱愛努力地回想母親說過的戒指特徵，「說是……銀色的，有藤蔓跟葉子……啊，那枚戒指應該很久了，我媽說那是她年輕時有人送給她的東西……」

「……唔。」

「弄丟的時間我不太清楚，我媽有說是她上次打掃房間時，那可能是在一、兩個月以前吧！拉比，我媽昨天說她忘記咖啡機是什麼！那是她每天在公司都會用的東西啊！而且我媽她不太忘記事情的，但最近卻很丟三落四！我很擔心……」

「等等，等等。」拉比抓住她的肩膀，感覺得到少女微微地抖個不停，「我會幫妳查，會幫妳查的，妳冷靜一點。妳媽不會這麼快就出事的，聽妳說的狀況，雖然被影響了一陣子，但應該不會惡化得很快，最近大概就是有點不便而已，還不礙事……」

就在此時，告知早自習時間結束的鐘聲響了起來，各班開始騷動，準備要出去升旗了。

兩人同時抬起頭來望了下四周。

已經不是能繼續說話的時間了，拉比看著黎筱愛的眼睛，安撫地說：「總之妳不用擔心，我會處理，好嗎？把妳母親的名字給我。」

聽拉比再三保證，黎筱愛忐忑的心才稍稍安定了下來，她吸吸鼻子，點點頭，用有些顫抖的聲音把所需的資料告訴了拉比。

「這樣就可以了。妳先回去吧。」

「好……」

學生們都來到走廊排隊了，拉比輕拍了拍她的肩，然後立刻竄進自己班級的人群裡。黎筱愛也走進了自己班上的那群，她蒼白的臉色自然引起了一些比較要好的同學的注意。韓沁喜擔心地連問了她幾次，她都只是努力擠出笑容說沒什麼。

雖然有了拉比的保證，但一整天下來，黎筱愛還是渾渾噩噩的，上課集中不了精神，下課也沒有力氣跟朋友打鬧，只是在被問到有什麼事時能打起精神說沒什麼。

雖然不好意思說自己是什麼特別愛上學的好學生，但是這麼焦急地等待放學，的確是第一次。上午課間時她經過隔壁班，不經意地瞄了一眼，卻發現以往下課時始終待在座位上的拉比不見了，書包和隨身物品似乎都還在，但是人不在那兒。

去哪了呢？不會是就這麼回圖書館了吧？黎筱愛猜測著。

心中對母親的擔憂有增無減，她甚至想過要不要中午午休時打個電話給媽媽，問她還有沒有再忘記什麼事情，但想想還是放棄了。她從沒這麼做過，忽然打了，母親可能會以為她在學校出了什麼亂子。

「小愛～」

「小愛……」

「小愛！」

三個聲音輪流呼喚她，黎筱愛再怎麼不願意，也總是得回應。

「幹嘛，不要跟叫魂一樣啊，我有在聽。」她懶懶地抬頭，韓沁喜和另外兩個同學正擔心地圍在她座位旁邊。

「小愛，雖然我怎麼問妳，妳都跟我說沒事，但我怎麼看都覺得妳有事啊。」就坐在黎筱愛隔壁排的韓沁喜順手就把椅子拖過來坐著了。她握住黎筱愛的手，立刻驚呼：「小愛，妳的手為什麼那麼冰？」

「真的嗎？」

「我摸摸看！」

一個少年、一個少女同時把手拍上了黎筱愛的另一隻手。黎筱愛的手能有多大讓兩個人同時抓？結果兩個人都沒摸到，兩隻手在空中「啪」的就相撞了，接著他們同時轉頭，互瞪了對方一眼。

「嫌嫌你幹什麼，真惹人嫌啊！一個男生摸什麼女孩子的手？快把手拿開。」溫宇薇瞪著眼睛，生氣地嘟著嘴道。

她的聲音很軟，眼睛圓圓大大又水亮，看起來非常可愛，是個會讓人想用棉花糖來形容的女孩，但說出來的話和凶狠的瞪視卻跟她給人的印象大相逕庭。

「妳這麼說就不對了，這都什麼時代了，我不過就是關心同學而已，這妳也有意見？」穆閑推了推眼鏡，不甘示弱地回瞪。

少年長了一張看起來就很聰明的長相，一臉的書卷氣，眉眼間讓人有種謙和有禮的印象，但就目前表現出來的樣態，看起來並不是那麼回事。

「嗳……」黎筱愛愣愣地看著面前的兩人互瞪，感覺那交錯的目光都要爆出火花來了，她趕緊勸道：「穆閑、薇薇，你們別吵了，不過就是手嘛，來來來，兩個人都摸摸。」

她伸出手一人抓了一下，兩人才又將目標重新放回她身上。

「真的冰耶，可是今天外面很熱捏！」溫宇薇皺起眉頭，用擔心的眼神看著黎筱愛，問：「小愛，妳是怎麼了，生病嗎？」

「真的冷得有些不正常，會不會是貧血還是什麼原因？妳會頭暈嗎？」穆閑也皺著眉問，他彎起食指抵著下巴，一邊思考一邊說：「今天最高溫有三十度，理論上不該手腳冰涼……啊，等等，妳今天該不會是生……唔！」

就在他要說出不該由男孩說出來的話時，後面有一隻手摀住了他的嘴。

「閑閑，你說話也看個身分場合。」來人苦笑著說，「這種事情不要說這麼大聲。」

「白目！」溫宇薇雙手扠腰，大聲地斥責穆閑，但是那脆脆又嫩嫩的聲音卻讓人覺得就算被她罵也好像要化掉一樣酥軟，「哼，阿松你幹嘛阻止他，你讓他講啊，講了我就……」

「薇薇妳也是，別鬧了。」

摀住穆閑的嘴的符松人如其名，就像一棵松樹一樣高大，給人的感覺也很穩重。

被摀住嘴的穆閑抓下他的手，轉過頭抱怨道：「阿松，能不能不要忽然摀我嘴？感覺怪不舒服的。你手還濕的呢！」

「這不是剛洗過手嗎？乾淨的，放心。」

符松拍拍他的肩膀，接著望向黎筱愛，也頗帶擔憂地問：「小愛，我今天也覺得妳看起來很沒有精神，發生什麼事了嗎？」

黎筱愛看看符松，又看看望著她的穆閑、溫宇薇，以及旁邊還抓著她的手的韓沁喜。平常都是負責逗人開心的人，倒是沒想到今天成了被逗的對象，被這麼一鬧，她還真的覺得稍微輕鬆了一些。

「沒事啦，就是昨晚有點沒睡好，然後就……擔心下禮拜的段考吧。」

再說沒事可能瞞不過去，於是她隨意編了個理由。反正，最近她每天沒事就往拉比那兒跑，沒怎麼唸書，也真該擔心一下。

「哦，那沒關係呀～」溫宇薇眨眨眼，「妳有什麼不會的就問閑閑嘛，反正惹人嫌唯一的長處就是唸書呀。」

「溫宇薇妳說話客氣一點！」

「我有說錯嗎！」

說著，兩人又尬起來了。

「好了好了，你們真是不消停啊。」符松苦笑著勸架。

黎筱愛跟韓沁喜互望一眼，忍不住笑了起來。那三人從小就是鄰居，要單說符松，跟另外兩個都很好，但是溫宇薇和穆閑就比較不對盤。可是這種沒事就吵吵嘴的相處模式，在黎筱愛看起來，反而是另一種感情好的表現。

「總之，薇薇說的沒錯，如果很擔心的話，數理可以問問穆閑，他也滿會教人的。薇薇的歷史和地理也還行，英文的話我們可以討論一下，不是什麼大事，妳別悶壞了。」

符松做了結論，然後笑了起來。濃眉配上下垂的眼睛，讓他的長相看起來特別溫和，明明是同年紀，卻硬是像個大哥哥似的讓人有值得依靠的感覺。

「嗯。謝謝。」

黎筱愛笑了笑。雖然心裡還是很擔心母親，但總覺得稍微放鬆了一些。

「黎筱愛～外找～」

就在這時，門口傳來了同學的呼喊聲。五人同時朝門口望去，黎筱愛看見拉比就在門旁等她。

「我出去一下！」

她簌地就站了起來，在韓沁喜等人都還沒回過神來時就已經衝到教室門口。

「小卯！你上午都不在。」因為還有別人在，黎筱愛終於記得要喊他在學校用的名字，一見到拉比，她就想到發生在母親身上的可怕「現象」，心裡原本已經稍微退下的不安又像漲潮般湧上。

「我蹺課了。」

拉比歪歪頭，一臉無所謂的樣子，把蹺課這件事說得跟吃飯喝水一樣稀鬆平常，「回去幫妳查那枚戒指的事。」

「咦？這、這樣可以嗎？」

「我有我的辦法，妳不用擔心。」拉比道，「倒是，我找出了那枚戒指。可是有點奇怪……雖說它的確有一點不穩定，但我覺得應該不會造成什麼太大的威脅才是。不過，既然妳說妳母親有被『遺落之物』影響的症狀，總之我就先把它送回去了。這樣應該不會再出事了吧！」

不知道為什麼，拉比的口氣非常不確定。黎筱愛雖然不明就裡，但聽說戒指已經送回去，還是露出了鬆一口氣的表情。

「太好了！」

「嗯。」

拉比看起來卻沒有多開心，一直皺著眉頭，有些心事重重的樣子。

「怎麼了嗎？」黎筱愛小心地問。難道自己搞錯了？其實問題不出在戒指上？那就糟了，除了戒指以外，她真不知道母親還弄丟過什麼？

「沒事，總之妳今天回去看看妳母親的情況，有問題再跟我說吧。我先回去了。」

拉比搖搖頭，吩咐了兩句，就逕自走回了教室。

黎筱愛雖然覺得他的態度有些奇怪，但也猜不出原因，抱著有些忐忑的心情回到了自己座位上。

回去之後總不免被朋友們又問了幾句諸如那是誰之類的問題，她一律含糊帶過，最後是上課鐘聲救了她。

下午的課，黎筱愛上得專注多了。雖然心中還是有些不安，雖然還是很想趕快放學回家確認母親沒事，但至少拉比已經把那個可能是問題源頭的戒指找出來並送還，讓她至少稍微安心了一些。

即使拉比那凝重的表情與似乎隱瞞了些什麼的態度，讓她隱隱約約覺得事情好像沒有這麼簡單，可是黎筱愛決定還是不要自己嚇自己。

──畢竟拉比也說了那枚戒指有些不穩，而母親的狀況又跟杏子完全一樣。

──那也跟杏子一樣吧，只要把東西送回去，就沒事了。

──只要母親找到那枚戒指就沒事了。

她像催眠自己似的，一遍又一遍地想著。

另一邊的拉比則完全沒有在聽課。

他眼睛看著黑板，腦子裡卻轉著其他的事情。

上午他聽到黎筱愛說自己的母親出狀況時就立刻回了鏡之國。蹺課對他來說並不是什麼難事，只要稍微讓「干擾」的效果強一些，老師和同學甚至不會發現他沒在座位上，只要別收作業或是有什麼非要他本人在場的情況，連出席率都能蒙混過去。

畢竟對拉比來說，在這個世界的重點只是跟這個世界的人相處，習慣他們的行為等等；相比起來，還是鏡之國的事務比較重要。更何況他現在還是負責管理遺落之物圖書館的代理館長，兩相權衡下，拉比毫不猶豫地在升旗結束後就悄悄溜去了S大，回了圖書館。

找是找到了……也不是不能送回去的東西，所以送回去了，但那個的不穩程度不用在第一時間處理，而是列入待觀察的名單裡……

他表情凝重地想著。

那為什麼黎筱愛的母親會有那些症狀呢？感覺是很像「遺落之物」造成的現象，可是順便查了一下，屬於許襄華的「遺落之物」都非常平靜啊！

遺落之物的圖書館並沒有被動到要有人來通知誰出了異狀，才會發現自家管理的物品對人造成了影響。事實上，除了被黎筱愛這個「外來因素」影響的，杏子的那個玩具熊吊飾以外，以往他們都能很快查知不穩定到會出問題的「遺落之物」，並進行適當的處理。

——而且，不只是小愛的母親，杏子也……

拉比想起了自己進S大圖書館時看見杏子的情形。女孩似乎一如往常地在櫃檯工作，幫來借書的人辦理借還書的手續，或是把書歸整上架，看起來並無異狀。但他卻發現，她身上雖然已經沒有了自己之前感受到的那種若有似無的、跟自家有關的「氣息」，可現在卻有一種奇怪的壓抑感，總覺得她整個人的氣場都不太穩定，好像有什麼東西正在蠢蠢欲動著。

——到底是怎麼回事？最近的事情也太多了吧？總覺得已經不是我可以勉強處理的範圍了啊！對了，今天「那個人」要來，是不是問問他比較好呢？

拉比想得出神，絲毫沒有發現下課鐘響起，老師走出教室，也沒有發現自己書包裡傳來的微小震動聲。

◆◎◆◎◆◎◆

黎筱愛一放學就一溜煙地跑回家了。她趕在母親回到家之前進了家門，書包都還來不及放下就進入母親的房間翻翻找找，不一會便在抽屜的盒子裡找到了那枚本來失蹤不見的戒指。

「啊，就是這個吧，銀色的……葉子跟藤蔓……」

她拿著戒指，鬆了口氣，等一下只要把這個給母親就行了。其實也不需要，只要戒指已經從圖書館被放回來，就算是回到了主人身邊，影響就應該已經消除了。

「不過果然還是拿給她比較保險……哎呀？」

就在這時候，門口傳來了開鎖的聲音。

是母親回家了。

黎筱愛跑出母親房門時聽見了大門關起來的聲音。她覺得有些奇怪，平常如果是她先到家，母親回來看到她放在門口的鞋子，應該會先大聲地招呼女兒說「小愛，我回來了」，可今天卻靜悄悄地沒動靜。

黎筱愛捏著戒指三兩步跑到門口，而看見少女從牆後冒出來的同時，許襄華明顯地被嚇了一大跳，還往後退了一步。

「媽妳回來啦！」黎筱愛笑著跑上前，「妳看，我找到了……」

「妳是誰？」

許襄華滿臉驚懼地看著她。

黎筱愛整個人停在了原地。

「啊……這、這枚戒指是我之前弄丟的！」許襄華看見她手中的戒指，一把就搶了過去，「為什麼會在妳那裡？妳是來偷東西的嗎？」

黎筱愛張著嘴，想說些什麼，卻覺得平常伶俐的口舌忽然遲鈍了起來。

「那……那個，媽？」

「妳叫誰？我不是妳媽啊！」

「別鬧了，我是小愛啊？」黎筱愛急得快要哭出來了，她喉頭一陣緊縮疼疼，卻還是努力發出聲音，「我是妳女兒啊，妳不認得了？」

「我沒有女兒啊！我是一個人住的！妳是怎麼進來的？奇怪，門鎖沒有被翹啊……」

——我當然是用鑰匙開門進來的啊！這裡是我家啊！

黎筱愛很想大吼卻發不出聲音，害怕與恐懼占滿了她的心頭，她忍不住哭了出來，上前去抓住許襄華的手，才剛想說些什麼，手卻立刻被撥開。

「妳別抓著我！這樣好了，我帶妳去警察局讓他們幫妳找父母，妳在門口別動，我報……喂！妳去哪！」

黎筱愛咬咬唇，飛快拎起鞋子奪門而出，許襄華追了出去，但黎筱愛只下了一層樓就立刻往陰暗的角落躲了進去，緊接著她聽見母親一路跑下樓的聲音。

黎筱愛緊咬著嘴唇內側壓下啜泣聲，然後擦擦眼淚，又等了一會，直到確定母親回去了，才跑出自家的大樓。

去圖書館。

她只想著這件事，飛快地往S大跑去。

◆◎◆◎◆◎◆

「殿下，殿下？」

「啊？」

瑠喊了好幾聲拉比才回神。

紅心「王牌」歪了歪頭，道：「發生什麼事了嗎？您看起來精神不太好。」

「嗯……」拉比沉吟了會，「瑠，你覺得黎筱愛的母親的問題，真的是那枚戒指引起的嗎？」

「……」瑠低著頭沉默了片刻，「很難判斷。」

「嗯，我也覺得。」拉比端起茶杯喝了一口，溫暖的香氣在嘴裡蔓延開來，「雖然聽黎筱愛描述的症狀的確很像，可是跟杏子的吊飾不同，我覺得那枚戒指沒有這麼大的傷害。而且它雖然不穩定，可其實已經排在送還名單裡，我們只是提早送回去。這樣的話，它應該來不及造成任何影響才對啊。」

「您覺得是其他的問題嗎？」

「嗯，可是我也想不通為什麼會有類似『遺落之物』作祟的症狀。」

拉比呆呆地望著前方，又沉入了自己的思考中。

就在這時候，拉比無意識地一直盯著的辦公室大門，響起了叩叩的敲門聲。

「殿下，戴蒙陛下來了。」

跟瑠如初一轍的聲音從門後傳來。是玎。

「戴蒙陛下！」拉比連忙跳下椅子，抓起放在一邊的禮帽戴好，三兩步衝到穿衣鏡前整理自己的衣服，並轉頭吩咐道：「瑠，去另外備一壺茶，然後準備一些鬆餅，你知道的。」

「是，這就去。」

瑠點點頭，一溜煙地跑到後面去了。

拉比左邊拍拍右邊扯扯，確定自己的服裝都整齊了，才向門外道：「請進。」

進來的是個看起來二十七、八歲的年輕男子。他穿著淺灰色的雙排釦西裝外套，搭著白色的馬術褲與馬靴，臉上掛著一副眼鏡，表情淡漠而疏離。

青年走到王儲面前，開口道：「拉比殿下。」

「戴蒙陛下。」拉比點點頭，覺得有些緊張，「歡迎你來。請、請坐。」

「嗯。」

拉比將戴蒙領到旁邊的沙發邊上，兩人就坐，瑠立刻擺上了茶杯與點心盤，並幫兩人各斟了一杯茶。裊裊的熱氣和香氣飄散開來，青年端起茶杯抿了一口，然後問道：「有女王的消息了嗎？」

「這，目前還沒有。」

「嗯。最近還好嗎？」

「承蒙關照，還不錯。」王儲將手放在膝上，挺直腰桿坐得筆直，感覺藏在帽子裡的兔耳朵不安地轉動。

「你不用這麼緊張，拉比殿下。」感覺出他的不安，戴蒙道：「雖然你目前是代理管理者，禮貌上要用女王的態度來接待我，但你看看你母后，什麼時候像你一樣這麼拘謹的待我了？放輕鬆，我雖然是『方塊』國王，執念的管理者，但以輩分來說，就跟你的兄弟一樣，這是不會變的。」

雖然戴蒙在講這些話時甚至沒有笑，但拉比的確覺得好一些了。他舒了口氣，調整了一下坐姿，「謝謝。」

「嗯。」青年點點頭，從公事包裡拿出了一份文件放在他們中間的小几上，「這是這個月的名單。」

「名……」

拉比愣了一下才反應過來。

「啊，是可能被執念影響的『遺落之物』的名單嗎？」

「是。雖然女王剛走，但你從懂事開始就接受繼位的訓練，我想你應該知道怎麼做。還是說需要我說明一次呢？」戴蒙面無表情地說。

「啊，不，沒關係。是的，我知道該怎麼做。」拉比連忙回答，並將名單拿起細看。

「那就好。」

雖然聽起來似乎有種嘲諷的味道，但拉比很清楚，戴蒙並沒有惡意，他的意思就跟他話裡表達的內容是一樣的，只是在確認他是否需要幫忙，而在聽到他說不用時覺得「很好」，並沒有其他的含意。

會這麼確定是因為，在他們兩個都還是王儲、戴蒙還沒有繼位時，拉比就認識他了。不只是戴蒙，他們同一輩的「四人」都互相認識。戴蒙從以前就是個一絲不苟的人，注重禮節和規矩，雖然看起來嚴肅，但對拉比其實是挺好的。

——雖然他對黑桃更好就是了。

這麼說來，戴蒙哥哥以前偶爾還會笑的，也比較溫柔，繼位之後……連笑都很少了。有時看著他的表情，還是會覺得壓力有點大啊！

拉比暗暗想著。

「那麼——」在拉比看了名單一段時間後，戴蒙問：「多久可以準備好呢？」

「是，我想……」少年又看了一次名單，「明天應該就能送過去了，我會派玎送去『協會』。」

「那就太好了。」青年點點頭。

「……那個……戴蒙陛下。」

「有什麼事嗎？」

拉比想起了自己的疑惑，他決定要問問這個已經繼位了好幾年，在四個國王裡算得上非常能幹的國王陛下，「我有點事想問你。」

「請問。」

「你有沒有遇過，明明就不到會引起『現象』的強度，卻還是引發了『現象』的『執念』？」

戴蒙聞言，挑了挑眉毛，正要開口時，門外卻傳來了騷動。

「啊，小愛小姐……現在……不行……」

玎的聲音有些焦急，對始終是撲克臉的紅心「王牌」來說，這實在是件罕見的事。

「可、可是我很急！嗚……拜託，讓我進去好不好？或是你能不能把拉比叫出來？我有事要找他。很急！真的！」

接著是黎筱愛的聲音。聽起來帶著哽咽，好像在哭。

拉比頭痛地揉了揉眉心。戴蒙向他投去一個探詢的目光，他苦笑著說：「是……是一位朋友。就是……就是之前闖進這裡的那一位，我有提過的。」

方塊國王瞄了下關起來的木門，「我記得。那位造成了一些混亂的小姐？」

「是……」

「為何她會在這裡？你應該知道，外面的人不能待在鏡之國太久。有不小心迷途進來的，都必須送出去。」戴蒙面無表情地說。

這句話就似乎有些在責備他了，拉比舔了舔唇，緊張地說：「她……她也是女王的朋友。而且女王可能會跟她聯絡，所以我給了她進出的權利。啊，當然，我有跟她說不能亂摸東西，後來也沒有再引發什麼其他的問題，真的。」

「原來如此。」

「雖然我問的那件事，也跟她有一些關係……」拉比小心翼翼地說，「總之我先出去安撫她一下？」

青年瞇了瞇眼睛，看起來似乎有點不悅；但他卻又點點頭，道：「嗯，你去吧。」

「好，那請稍等我一會。」

拉比鬆了口氣，開了門走出去。

「不行……有……貴客……等一下……」

玎在門前緊張地擋著黎筱愛，但她依舊試圖闖進去。

「我等不了！我……」

就在這時，門開了一道縫，拉比從裡面走了出來。

「拉比！」

黎筱愛像看到救星一樣衝了上去，玎甚至沒來得及拉住她。

「拉比，我、我媽出事了！」黎筱愛抓著拉比的手，一邊哭一邊說：「她剛剛一回到家就問我是誰！還說要報警！她把我忘掉了！她怎麼可以把我忘掉！為什麼會這樣！」

「什麼？怎麼可能……」

拉比心中一陣訝異。

一般來說，遺忘之物引起的現象大多是限制在「對象自身」——就像杏子忘記「門」、忘記自己的身分、忘記「手機」……可能還會隨機遺忘一些比較不是這麼親密的朋友，但在拉比看過的紀錄中，很少有忘記「親人」的，除非是跟遺忘之物本身的經歷有關，可那又是另外一回事。

「我現在怎麼辦才好？她是不是忘了其他的東西？要找出來送回去嗎？還是？」

黎筱愛慌張又難過地抓著拉比不停問著，但拉比一下子也沒了底。

「這……我沒遇過這種情況。」他也緊張起來了，手心都是汗，「沒關係，那個……有個人可能知道，我去幫妳問一下。」

「我應該知道。」

就在這時，戴蒙也推開木門走了出來。

看見忽然出現一個陌生的男子，黎筱愛一下愣住，連哭都忘了。

她在圖書館這裡來來往往了這麼些日子，還是第一次看見發條兔子、雙胞胎和紅心王儲以外的人。

戴蒙逕自走到她面前，道：「進來吧，把事情完整地敘述給我聽。」

黎筱愛向拉比投去一個求救的眼神，拉比點點頭，示意她跟著戴蒙進去。

三人又回到了拉比的辦公室，黎筱愛抽抽噎噎地稍微說了下母親遺忘的事情，以及戒指的事情。

「大致上就是這樣。請、請問我媽媽……」

她急著想問有沒有辦法解決，青年卻舉起了一隻手打斷了她的話。

「我知道了。拉比，你把我剛剛給你的有關物品文件翻到第五頁。應該在倒數第四行。」

「呃……第五頁……」拉比翻了翻，「咦……！許裏華的……戒指……」他猛地抬頭，問道：「所以那個並不是因為……」

「應該是這麼說。」戴蒙又喝了口茶，「在成為『遺落之物』之後，原本附在上面的微小執念因為『遺失』的刺激而被放大。接著你把它送了回去，『遺落之物』的『現象』消失，『執念』接手。」

「我想可能是因為那枚戒指是追求者送的吧？以沒有得手的追求者來說，當初的執念就是『希望排除追求許裏華過程中的阻礙』，而這位小姐是許裏華的女兒，就是阻礙之一，因想排除阻礙，進而影響了母親的記憶。」

「原來如此。」拉比露出了恍然大悟的表情。

「呃……」黎筱愛看看他們兩個，小心地說：「我……我沒有聽懂。」

「妳聽不懂這些也沒有關係，這是我們的責任範圍，不用再追問了。」戴蒙推了推眼鏡，「妳只要知道，我回去之後會把那個執念處理掉，讓妳母親恢復正常即可。」

「可以恢復正常嗎！」黎筱愛聞言，原本陰鬱的表情立刻綻放出了光彩。

「是的。」

「大……大概什麼時候？」

「我回去後會馬上處理。總之，等妳回家後，就會沒事了。妳也可以先打電話給妳母親確認再回去。」

「真……」

聽到這個消息，黎筱愛整個人都軟了，她往後癱在椅子裡，又掩面哭了起來，「真是……太好了……」

「不是都說能解決了，為什麼要哭啊？」拉比莫名其妙地問。

「就是想哭嘛……囉唆……」

黎筱愛不停抽噎著，後面的瑠很貼心地遞了一條手帕過來。

「好了，拉比殿下，我該走了。母親忘記女兒對當事人來說畢竟是很嚴重的事，我想早點回去處理比較好。」

戴蒙起身準備離開，拉比連忙從椅子上跳了下來，「啊，我送你……」

「不了，讓玎送我出去就好。你在這安撫一下這位小姐吧。」戴蒙道，「如果讓女王知道你只為了送我出去，就把哭泣的女孩子一個人留下來，倒楣的可能會是我。」

聽見這句話，拉比愣了下，無法分辨一向表情冷淡嚴肅的戴蒙到底是不是在開玩笑。但這時，戴蒙已經逕自走出去了，在門外的玎立刻迎了上去。

「再見。」他回頭道。

「啊，是，慢……慢走。」

少年連忙點了點頭，也道了聲再見。

「……拉比，那是誰啊？」

在木門又關上之後，黎筱愛忍不住一邊擤鼻涕一邊問。

「他好嚴肅喔。」

「他是方塊國王，就是我提過的，戴蒙陛下。」拉比道，「雖然嚴肅，但是個很認真負責的人，他一定會把妳的事處理好的。」

「嗯。」黎筱愛吸了吸鼻子，「方塊，是掌管執念的那個？那裡也像這邊一樣嗎？放滿書？」

「不是，『協會』是一個像辦公大樓一樣的地方，他們的方法也比較高科技，總之那裡面充滿電腦和辦公桌還有研究室。」

「好想去看看喔。」

聽見這句話，拉比覺得連自己頭上那對兔耳的毛都豎起來了。

「別！別給我闖禍！妳……」

「嘿嘿。」

要是這傢伙跑進戴蒙家，拉比完全不敢想像那種情景。但下一秒，他就看見少女嘿嘿地笑起來，這才發現自己被整了。

「不哭了，有精神開玩笑了？」拉比挑眉問道。

「嗯。」黎筱愛點點頭，心情總算平靜了些，「啊，我可以吃這個嗎？」她眼尖看到了放在茶几上，戴蒙沒有動過的鬆餅。

「吃吧吃吧！」拉比擺擺手，「因為是給戴蒙陛下的，所以我只有要瑠準備奶油，妳要果醬嗎？」

「要！」

◆◎◆◎◆◎◆

黎筱愛吃飽喝足之後，拉比看了看時間，覺得應該差不多了。他這次破天荒地陪黎筱愛走出鏡之國。

黎筱愛拿出手機，深吸了口氣，然後撥了家裡的電話。

「喂？」

手機裡傳來母親的聲音，黎筱愛忽然覺得自己又想哭了，她停頓了下，勉力壓抑顫抖的聲音：「媽？」

「小愛啊，妳現在在哪啊？怎麼這麼久還沒回來？」

聽見母親的態度一如既往，黎筱愛才止住的眼淚又立刻從眼眶裡滾落了下來。

「嗯，我跟朋友……來了一下圖書館……馬上就回去了！好……好……嗯，拜拜。」

她掛掉了電話，轉頭望著拉比。

王儲奇怪地看著她，下一秒，少女就撲了上去。

「嗚啊！？」

「太好了，拉比！我媽真的恢復正常了！嗚嗚嗚嗚啊啊啊啊！」

「喂喂妳不要這麼吵啊！這裡是圖書館啊，妳安靜一點。」

拉比緊張地警告她，並拖著她往前走，試圖離鏡之國入口的那面鏡子遠一點。

「嗚嗚嗚可是我太高興了～～」

「是是是！麻煩妳放開我，嘿！不要把鼻涕抹在我身上！」

「嘿嘿。」

鬧了一陣之後，黎筱愛總算放開了拉比，後者受不了地哼了一聲，忙著把自己身上的衣服整理好。

「真是的，走吧，快點回家吧。我送妳下去。」

「啊，不用啦，拉比。」

「走吧。」

拉比逕自往前走，在漸漸明亮起來的五樓的燈光下，黎筱愛看見少年的耳朵不知何時已經染紅了。

兩人下了旋轉梯，走到門口時，黎筱愛原本想跟杏子打聲招呼，但卻發現她不在櫃檯。

「咦？杏子姐不在。去把書重新上架了嗎？」黎筱愛奇怪地自言自語著。

「可是書車還在後面啊。」拉比也覺得奇怪了。他上午才看見杏子在這啊，還是說她今天是上午的班？

「杏子嗎？」

站在櫃檯的女孩聽見了他們的對話，從櫃檯後面走了出來，「你們是杏子的朋友？」

「呃，對。怎麼了嗎？」

「杏子她剛才忽然昏倒了，緊急送去醫院了喔。」那女孩道。

「啊！？」

黎筱愛和拉比驚愕地對望了一眼。

昏倒？進醫院了？

第七章　你說我們現在該怎麼辦？

Would you tell me, please, which way I ought to go from here?

「為什麼會忽然就昏倒了？」

黎筱愛在病床邊看著沒有意識的杏子，滿臉擔憂地自言自語。拉比在一旁皺著眉頭，不知在想些什麼。

他們在圖書館聽說這件事後，黎筱愛立刻問了杏子是被送去哪家醫院，接著立刻跟拉比一起趕了過去。

杏子的母親在床邊照看著女兒，聽說他們倆是女兒認識的朋友後，立刻焦急地問為什麼女兒會這個樣子。黎筱愛搖搖頭，表示自己也是剛剛才聽說這件事，拉比則從頭到尾都不發一語。

陸續有一些人來看杏子，同學以及系上的老師，連S大圖書館的主任也都來了。大人在外頭交談著，剩下黎筱愛跟拉比兩人留在病房裡。

「欸，拉比你覺得這也是『遺落之物』造成的現象嗎？」少女扯扯王儲的袖子，輕聲問著，「醫生說她忽然就失去了自主呼吸的能力，也很快因為缺氧而失去意識，可是她的體檢報告都很健康啊，怎麼可能……」

「我就是想不通，該送回去的都……而且之前的『現象』也的確已經解除了。」

拉比沒有看黎筱愛，只是斂下目光，喃喃自語著。

「遺落之物」明明已經還回去了，卻引發了更嚴重的「現象」。

嗯？等等……

想到這裡，拉比忽然意識到——這不就跟黎筱愛的母親是一樣的嗎？

問題難道已經不是「遺落之物」了？它「轉變」成什麼了嗎？

少年的目光忽然移到杏子放在旁邊的包包。

「小愛，妳說，杏子之前把那個『返回』給她的熊放在哪了？」拉比忽然轉頭問道。

黎筱愛眨眨眼，說：「她說是掛在手機上，怎麼了？又是那個有問題嗎？」

「可能。手機會在她包包裡面，但是……」

拉比望了眼沒有關上的病房門，幾個大人還在外頭談話，甚至有吵起來的跡象。

「翻包包好像不太好。」黎筱愛縮了縮脖子。

「我也是這麼覺得，但……」

就在這時候，小小的「嗡」聲響了起來。

「會不會是杏子的？」

「我的。」

黎筱愛才剛亮起眼睛想藉這個理由摸出杏子的手機，拉比就立刻戳破了她的幻想。拉比從褲子口袋裡把手機拎了出來，看著上面的顯示名稱，皺了皺眉頭。

「咦？怎麼這個時間？」

「拉比你有手機啊？為什麼不告訴我？誰打來的？」

黎筱愛湊了過去。但是，此時拉比卻忽然轉頭望著黎筱愛，然後一把抓住她的手往門外跑。

「欸，拉比！？」

「我懂了！快走！這東西已經……」

就在他們要跑出門口時，病房的門忽然扭曲了一下，然後變成了一道緊閉的玻璃門。不只是門而已，原本是病房的空間，也忽然出現了像是電視雜訊一般的扭曲，接著變成了一間燈光昏黃的咖啡廳。原本是病床的地方全部消失了，變成一組組桌椅，後面還有個雜誌架，大門旁則是收銀機與吧檯。

「咦，怎麼回事？」

黎筱愛望著忽然的異變，愣住了。而拉比則是露出大事不妙的表情，他衝向玻璃門，抓住門把用力轉動，但他很快就發現門把沒有任何作用。它只是一個黏在門上的裝飾，轉起來連鎖住的喀喀聲都沒有，更遑論是把這扇緊閉的門打開了。

「可惡！這下糟了，我太晚發現了！」

他忿忿地用力捶了一下玻璃門，砰的一聲讓黎筱愛嚇得縮了起來，但玻璃門只是晃了一下，紋絲不動。

「拉、拉比，怎麼了？」她害怕地問。

「我就覺得很奇怪，『遺落之物』的氣息已經消失了，但還是有不明的壓力在她身邊出現。」拉比咬牙切齒地說：「是『怨念』！那個東西不知怎的轉化成了『怨念之物』！那不是我管轄的範圍，我的感受會比較遲鈍。」

「怨念？」黎筱愛疑惑地叨唸著這兩個字，「呃，我不是很懂。總之，這裡是怎麼回事？我們剛剛不是在醫院嗎？」

「這是那個『怨念之物』創造出來的空間。可能是對它來說很重要的地方。」

「它？你說的怨念之物，是指那隻熊嗎？」黎筱愛疑惑地問。

一隻吊飾熊也能有什麼「很重要的地方」？工廠的生產線嗎？

「『怨念之物』是那隻熊沒錯，但引發這整件事的，是送出那隻熊的人。」拉比回頭望著店內，表情凝重地說：「八成就是他吧。」

黎筱愛順著拉比目光的方向望過去。在後頭的雜誌架前面的桌子邊上，坐著一個男孩。他身形嬌小，看起來年紀不大，黎筱愛猜他大概小學三、四年級左右。男孩穿著簡單的T恤和牛仔褲，面無表情地坐在那裡，微微低著頭。

「那個人。」

少女忍不住往後縮了縮。雖然男孩看起來很普通，論長相和外表，不過就是隨處可見的小孩子；但是他身上卻異樣地散發出一種讓人心底發涼的氣息。恐懼感讓黎筱愛並不想靠近那個男孩，光是將視線移過去，都覺得很害怕。

就在這個時候，另一個人影出現了。黎筱愛和拉比都嚇了一跳，但仔細一看，那個從吧檯後面走出來的人，竟然是杏子。

她捧著菜單徑直走到男孩面前，彎腰跟他說了些什麼。男孩抬頭回應，在杏子伸手摸他頭的時候笑開了，接著少女又走了回去，過了不久，她捧著一杯冰紅茶走向男孩，放在他面前。男孩抬頭望著她，說了些什麼，然後從口袋裡掏出一樣物事放進杏子手中；杏子看起來很開心，她又摸摸男孩的頭，說了些什麼，接著又走回了吧檯。

「他們在幹嘛？」

店內明明不大，但黎筱愛完全聽不到杏子跟男孩的交談聲。整個空間充滿著一股凝滯的感覺，壓抑又沉重，待久了似乎連呼吸都不順起來。

「過去看看。」

拉比率先往前走，黎筱愛緊張地拉著他的手跟在後頭。兩人繞過了隔在收銀臺與吧檯中間的屏風，吧檯後面站著穿著白色公主袖襯衫的杏子，她低著頭，正在擦杯子。

「杏子姐？杏子姐？」

拉比靠過去喊了兩聲，但是杏子頭也沒抬，只是繼續擦她的杯子。黎筱愛也上來叫喚了幾聲，依舊沒能讓杏子看他們一眼。她擦完了杯子，往少年的方向望了望，然後拿起菜單，往男孩的方向走去。

「咦，剛剛不是去過？」

黎筱愛疑惑地往那邊看，卻發現少年桌上的紅茶不知道什麼時候不見了。杏子彎腰跟少年說了什麼，然後摸摸他的頭，接著又走了回來，拿出一個杯子，加上冰塊，從大壺裡將紅茶倒進去，插上一支吸管，接著拿著這杯冰紅茶往男孩的方向走去。

「重複了一次。」拉比喃喃道。

「到底是……」黎筱愛看著這詭異的情況，抓著拉比的那隻手越發地緊了。

他們又看著杏子走回吧檯，這時，她手上多了一隻小熊的吊飾。

「那隻熊！」

「嗯，果然是那個小男孩給她的。」

杏子把熊捧在手中看了看，然後不知放那兒去了。接著，她又開始擦杯子，那動作甚至手勢都跟之前如出一轍。黎筱愛忍不住往男孩的方向望了一眼，男孩桌上那杯才剛放上去的紅茶又不見了。

「只會重複這一段的樣子。」拉比瞇起了眼睛說。

「那……我們接下來該怎麼辦？」黎筱愛張望著這個空間。她越待越覺得心裡發慌，這裡的一切一切看起來都是這麼死氣沉沉，有一種即將崩壞腐朽的氣味。

拉比什麼也沒說，只是逕自走到其他桌子前面觀察了一下，他摸了摸放在桌上的價目牌，又走到牆邊摸摸牆上的畫框，當他試圖把畫框拿起來的時候，黎筱愛發現那畫框好像是黏在牆上的。

「怎麼了？」她疑惑地問，「拉比你在幹嘛？」

「確認這個『空間』的堅固性。」拉比一邊說，一邊繼續東摸西摸，「能有辦法創造出『空間』的怨念，已經算得上是很強大的了。我在確認它到底有多強，想看看我能不能打破，以及試著找出出口。」

「怎、怎麼確認？而且這裡有出口嗎？」

黎筱愛環視了整個空間，除了那扇打不開的大門以外，似乎沒有其他能出去的地方。

「一般來說，空間的『真實性』跟怨念的能力有關。空間裡的東西越真實，怨念的能力就越強。」壓了壓沙發椅，椅子柔軟地陷了下去，拉比皺起眉頭，輕輕地嘖了一聲，「小東西雖然模仿的不好，像畫框和桌上的玻璃、小擺飾都拿不起來，只是做個樣子，可是大件的物品倒是很還原。」

「這、這代表？」雖然這樣問了，但黎筱愛覺得自己不太期待這個答案。

「這代表情況很糟。」拉比嘆了口氣，「我可能沒有辦法破開這個空間。畢竟我還只是王儲，而且『紅心』的力量不適合戰鬥。不過妳放心……」

他抬頭望著黎筱愛，肯定地說：「就算我們出不去也沒關係，很快會有人來救我們。」

「啊？真的嗎！」黎筱愛瞪大了眼睛，「誰？今天那個……戴蒙嗎？」

「不是，另一個。」拉比搖搖頭，「那個人妳也見過。」

「耶？」

「就是……咦？」拉比話說到一半卻打住了，他在其中一張椅子上發現了什麼。

少年把那樣物事從椅子上撿了起來，那是一份報紙。

他們都沒有發現，原本一直低著頭的男孩，就在這時忽然轉頭，用怨毒的目光看著兩人的背影。

「報紙？」黎筱愛也湊了過去，拉比將報紙攤開，發現這份報紙很奇怪。遠看時很正常，跟一般的報紙一樣，有照片，有分界明顯的文字磚、錯落有致的欄目，但當他們想要認真地閱讀上面的文字時，卻發現內容是模糊不清的，就像失焦的鏡頭。

「為什麼會這樣？也是因為『真實性』的關係嗎？」黎筱愛忍不住瞇起眼睛想試著看清楚，但字怎麼樣都是糊的。她看了幾眼覺得難受，一邊揉眼睛一邊把視線轉開了。

「嗯。畢竟報紙上的資訊量太大了，很難製造。哎，這裡有一則新聞的字是清楚的！」

拉比把報紙翻來覆去地看，忽然發現了唯一有用的資訊，原本在旁邊揉眼睛的黎筱愛連忙湊了上去。

那是一則社會新聞，占的篇幅不是很大，也沒有照片。內容主要是敘述一個母親和兒子一起燒炭自殺，警察確認沒有他殺嫌疑後結案。當然，記者也稍微做了一點追蹤報導，他們知道了男孩的母親與父親離婚了，兩人正在打監護權官司，但日前父親忽然放棄上訴，監護權還是在母親手裡。這件事理應就這樣落幕了，卻不料獲得監護權的母親竟帶著孩子自殺。

「這……該不會就是……」

黎筱愛忍不住想起了在場唯一有可能符合這篇報導的男孩。她下意識想回頭，拉比卻立刻伸手擋住她的視線。

「八九不離十。妳不要看他，我猜他現在應該已經發現我們找到『突破口』了，他現在八成也在看妳。」拉比壓低了聲音，語氣急促，聽得出來很緊張，「視線跟他對上的話，一來有可能被認為是在挑釁，二來妳可能會嚇到；被嚇到時，內心就會動搖，那他就容易抓住妳了。聽我的，不要回頭。」

黎筱愛覺得，聽了拉比這一席話，她不需要回頭看那個男孩就已經夠害怕的了。

「什麼……是……突破口？」她很想冷靜，但卻無法控制自己的聲音不顫抖。

拉比解釋道：「就是他創造出的『空間』裡最薄弱的地方，通常跟他自身的經歷有非常大的關係。如果在這個地方使用力量拚一下的話，可能有辦法出去。不過我們現在要做的只是等，因為……」

「哥哥懂得好多。可是，哥哥知不知道？突破口雖然是空間最薄弱的地方沒錯，但那附近的力量波動，正好也是跟空間創造者最相符的。也就是說，在突破口附近，我的力量還會變強喔！」

陰冷的聲音忽然從背後傳來，拉比還沒來得及回頭，就被重重地打飛了出去。

「拉比！」

黎筱愛忍不住尖叫，她一轉頭，正對上男孩的眼睛。

那是一雙陰暗汙濁的眼睛，沒有神彩，只有濃濃的怨恨。冰冷的恨意像蛇一般纏住了她，光只是這一眼，少女就覺得背脊發冷，全身的雞皮疙瘩也竄了起來，無法動彈。

男孩就這樣盯著她看了一會，接著歪歪頭，用似乎覺得很無趣的表情輕輕地說：「一般人啊……嗯，姐姐沒關係，姐姐不重要。」

他邊說邊收回了目光，擦過她身邊，逕直朝著拉比走過去。男孩身上帶著強烈的寒意，僅僅只是擦身而過，少女都有種皮膚冷得刺痛的感覺。她渾身發抖，光是要動動手指都很困難，但她還是勉力轉過頭，想看看拉比怎麼了。

王儲已經站了起來。他喘了口氣，伸手撫摸了一下領子上的領針——只是那麼一眨眼的工夫，少年就從出門穿的一般裝束換回了在鏡之國時穿的燕尾服與高禮帽，手上也多了一根手杖。

「大哥哥現在才解除偽裝，不會太慢了嗎？」

男孩的口氣聽起來有些嘲諷。這年紀的孩子聲音聽起來應該是脆生生的，但是他連聲音都彷彿包含著冰渣似的寒冷，毫無生氣。

「而且，大哥哥的力量，對我來說不是很有效耶。」

「不試試怎麼知道！」

拉比握住手杖的杖頭下方，另一隻手抓著杖身，輕輕轉了一下。手杖發出輕微的喀一聲響，他像拔劍一般往斜上方抽開，杖身中竟被他抽出一把細劍。

「……」

雖然嘴裡說不是很有效，但是看到劍的時候，男孩的臉色還是越發陰沉起來。拉比抓著劍，眼睛死死地盯著他，兩人僵持了一會，然後，男孩露出了笑容。

「我感覺出來了，大哥哥……雖然姿勢滿分，但其實你這把『無念無想』，還沒有真正繼承它該有的力量耶。」

聞言，拉比的臉色立刻變得很難看。

黎筱愛害怕又擔心，看拉比的表情，就知道男孩說的是真的。

「而且，我已經不屬於『遺忘之物』了，所以大哥哥你……」

男孩呼地瞪大了流露著怨恨神色的眼睛。

「還是省省吧！」

他猛地衝了過去，伸手就要抓拉比的脖子。拉比立刻拿劍去擋，劍身碰到男孩的手指時立刻迸出兩個藍色的光圈，一左一右套在男孩身上。原本衝得正猛的男孩忽然停住了，光圈勒住他的手與四肢，他就這樣維持著往前衝的姿勢停在那裡，就像按下了暫停鍵一樣，連表情都定了格。

拉比趁著這個空檔往後退，手臂卻忽然被另一個人抓住，然後被對方猛地拉扯將他摔倒在地上。

「杏子姐！」

另一邊，黎筱愛的尖叫立刻傳了過來。被摔到椅子底下的拉比還沒搞清楚狀況，就被用力地踩住了持劍的手；拉比慘叫一聲，那把被稱為「無念無想」的杖刀就從他手中滾到了角落。拉比從桌子的邊緣往上看，映入眼中的是面無表情的杏子的臉。

——被控制了。

拉比才剛這麼想就被杏子扯住領子，從桌子底下拖了出來，看起來沒什麼力氣也不是很壯的杏子竟然能把他拎起來並舉在半空中，拉比奮力掙扎著，領子勒住喉嚨，他痛苦地咳嗽，喘不過氣。

「杏子姐，不要這樣！杏子姐！」

黎筱愛焦急地大叫——此時，她別在髮上的、白寧舞給她的髮飾，忽然微微地閃了一下光芒。

她立刻發現自己能動了！她什麼也沒想，馬上朝著杏子撲了過去。三個人摔成一團，由於這個意外的衝擊，杏子終於放開了手，拉比重重摔在地上不停嗆咳著，黎筱愛則迅速地爬起來跑到拉比身邊察看他的情況。

「拉比，你有沒有怎麼樣？」

「沒事……妳為什麼？」拉比驚訝地看著黎筱愛，「一般人怎麼可能突破『怨念』的束縛……」

「我也覺得很奇怪，原來不能把姐姐放著不管。」

「！」

聽見這冰冷的聲音，黎筱愛兩人才發現，束縛住男孩的藍色光圈不知何時已經消失了。而恢復了行動能力的男孩速度極快地閃到了他們面前，一手抓住一個，往不同的方向分別扔了出去。

「嗚哇！」

黎筱愛砰的一聲撞倒了角落的一組空桌椅，撞上的背後和手臂傳來劇烈的疼痛，讓她忍不住慘叫。拉比也沒好到哪裡去，他砰的一聲撞上後面的雜誌櫃，男孩衝過去勒住他的脖子，把他壓在櫃子上。

「拉、比……」

黎筱愛喊都喊不出來了，連呼吸都覺得胸口和背很疼。

杏子走回吧檯，拿了一個玻璃杯砸破，然後舉著尖銳的杯柄，緩緩地朝她走來。

黎筱愛害怕地哭了。

「杏子姐！快、快醒醒，杏子姐！」

她試圖往後躲，但空間狹小得無處可逃，一下就被逼進了角落。

「小愛。」

拉比艱難地轉頭看著哭泣的黎筱愛。他心中滿是無助與憤怒，對情況的無助，以及對自己能力不足的憤怒。

這麼簡單的事情──「遺落之物」轉化為怨念──他卻沒有想到。由「遺落之物」轉化為怨念或執念的例子雖然不常見，但只要發生，都會是嚴重的災禍；所以他們才會定時觀察並互相交流可能有問題的物件，並進行管理，將影響控制在最小。

──如果能早點離開那間病房的話。

這次的狀況太特殊了，誰能想到原本已經壓制過的「遺落之物」竟然會產生變異？最後竟然還轉化？

自己畢竟還是經驗不足，而且還把黎筱愛這個普通人扯了進來。拉比無比悔恨。

「哥哥在想什麼呢？」

男孩冷冷地看著他。

「想怎麼離開嗎？你們已經走不掉了。只要把你們都殺掉的話，就能永遠的把哥哥和姐姐都留在這個空間裡，跟杏子姐一樣，你們就可以一直陪我，不會再忘記我了。」

男孩說到這裡，表情忽然猙獰了起來。

「我不要再孤伶伶一個人，不要再被遺忘了。」

「叮鈴——」

「那可不行啊，如果讓你那麼做的話，我怎麼跟女王交代呢？」

忽然，一個男性的聲音伴隨著清脆的鈴鐺聲，有如清冽的風一般撞進了這個沉滯閉塞的空間。抓著杯柄正要刺下去的杏子忽然怔住了，另一邊抓著拉比的男孩也忽然猛地壓住太陽穴，發出痛苦的低吼。他忿忿地轉頭，望著不知何時出現在門口的男子，以及他身後那群高大的、穿著軍服的男人們。

「咦……你……」

黎筱愛努力地偏過頭，越過杏子的身體望著門口。當她看清來人時，當下震驚得連自己還沒完全脫離險境都忘了。

站在中間的少年看起來只比他們大一些而已，大概十六、七歲的年紀。他穿著筆挺的黑色軍服，有著意志堅定的劍眉，比一般人稍微深邃一些、混血般的輪廓，目光朗朗如明星，是個可以用「美少年」來形容的男子。

少年左手往前伸，中指上掛著一枚銀色的小東西。他前後微微擺動了下手掌，那音色清冽的鈴聲立刻響了起來，而且比剛才還要大聲。

「叮鈴──」

「住手！」

男孩痛苦地嘶吼，而杏子再次聽見這聲音時，直接閉上眼睛，雙腿一軟就倒了下去。

「你……」黎筱愛愣愣地看著忽然出現的救星。

這個人……

這個人她認識！

「嚴琅鋒學長！？」

「小愛！」

此時，拉比也掙脫男孩的箝制，朝她跑了過來，「妳還好吧？」

「先、先別管……嗚，好痛！」黎筱愛想把自己撐起來，卻扯到了背後撞上的地方，疼得齜牙咧嘴。但她忍著疼痛，努力舉起手臂，指著門口的少年，「拉比！那個是嚴琅鋒學長？他為什麼會在這裡？」

「是。我就說會有人來救我們，只是你也來得太慢了吧！小黑……斯培德！」拉比朝著門口喊叫。

斯培德——嚴琅鋒嘆了口氣，「你知道這個空間有多難打破嗎？而且地點還是在醫院！我們來的路上被好幾個小『怨念』絆住，到了這裡又發現空間堅固異常，要不是剛才出現一絲小波動，搞不好還要再十分鐘呢！到時候你就剩下兔子皮了。」

「我才不是兔子！」拉比生氣地回嘴，頭上的兔耳都豎直了。

「名字叫拉比、頭上還有兔耳，你好意思說自己不是兔子。」

「兔耳是老媽硬給我種上去的！我有正常的耳朵！」

黎筱愛看著這前一秒還充滿肅殺之氣，下一秒的現在忽然異常輕鬆的場景，又看看倒下的杏子，跟後面惡狠狠地望著斯培德的男孩。她有些搞不清楚，現在到底是要擔心那個男孩還有什麼招數，還是已經可以放心了？現在到底是什麼狀況？

而在他們用垃圾話交鋒的時候，斯培德並沒有停止手上的動作，他持續搖晃著鈴鐺，一聲聲清脆的鈴聲在空間中震盪重疊，黎筱愛忽然發現，原本沉重的空間似乎清爽了許多。那聲音也給人「冷」的感覺，但卻不是令人膽寒的陰冷，而是如同純淨的冰川間穿過的風一般，非常清涼乾淨，又讓人精神一振。

「住手、住手！不要再搖了！」

男孩抱著頭咆哮。他露出痛苦的表情，扶著旁邊的桌子，大口喘著氣。

「很難受嗎？」斯培德轉頭望著他，「這『無怨』鈴的音色，就是專門用來淨化怨念的，你不覺得輕鬆了許多嗎？」

「閉嘴！」

「黑帽子，趁現在把紅心王儲跟那兩個女孩帶到安全的地方。」

斯培德頭也不回地吩咐。從站得筆挺的八人小隊後方鑽出一個高大的男子，軍帽的帽簷遮住了他大半張臉，半黑半白的長捲髮隨意披在肩上。

黎筱愛張大了嘴。

這是校慶舞臺劇那天忽然出現在拉比旁邊的很高的怪人！

雖然那天很暗，她也沒怎麼看清楚，但錯不了！感覺是一樣的！

黑帽子一晃一晃地走到斯培德旁邊，看了看黎筱愛三人，又看了看男孩，接著彎腰對只到他肩膀的少年道：「欸～可是我比較喜歡收拾『怨念』，不如陛下你去幫紅心王儲，這個就讓我來處……」

「少來，你的『一斬一滅』下去他就沒了。我還打算要回收，你別亂來。去幫拉比。」斯培德瞪了他一眼。

黑帽子不滿地撇撇嘴，「好吧～拇指姑娘～」

「……」

黎筱愛看見斯培德整個人僵了一下，鈴鐺的音色也瞬間停頓了半秒。

黑帽子打了個響指，搖晃著手指比了個三，斯培德身後的隊伍中立刻走出三個人，跟著高大的黑帽子來到黎筱愛他們面前。

黎筱愛這才注意到，這些人的臉上都蒙著黑布，完全看不見長相。

這些用黑布遮住臉的男人一個人扛起了杏子，另一個扶著王儲讓他坐在沙發上，還有一個示意黎筱愛靠在他身上，小心地將少女抱起，移動到靠門邊的地方，跟拉比及昏睡的杏子在一起。

「那個……」黎筱愛抬頭看著黑帽子。

青年低頭瞄了他一眼，發出小聲的「噢」一聲，然後把帽子拿起來，向她眨了眨眼。

少女第一次在明亮的地方看見黑帽子的臉。那是一張很美的臉，狹長的眼睛微彎，看起來彷彿隨時都帶著笑意，睫毛很長，鼻子高挺，嘴唇很薄，笑起來的弧度很勾人。

但……感覺還是很可怕。

黎筱愛不敢再繼續看黑帽子，只能把目光轉向正與「怨念」對峙的斯培德。

此時，斯培德已往前走到了男孩的面前。男孩憤恨地抬頭看他，斯培德一反手握住「無怨」鈴，清澄的鈴鐺音色立刻停了下來。

「雖然我知道不太可能，但規矩上必須要說。」他輕輕嘆了口氣，道：「收了空間，跟我回去，黑桃的居所才是你該待的地方。」

「不要！」男孩大叫，「我要跟杏子姐姐在一起！只有她對我好！我要跟杏子姐姐在一起！」

「那是不可能的。」斯培德冷靜地說，「你已經死了。你甚至連靈魂都不存在，只留下一股怨念憑依在這上面。」他望了望男孩緊抓在手裡的熊玩偶，「原本你要是什麼都不做，乖乖地回歸，也就不會發生這種事。現在我不能再讓你存在了。」

「不可以！不可以！不可以！」男孩朝他咆哮。

一瞬間，整個空間晃動了一下，然後開始崩解。

所有的東西都化成黑色的細沙緩慢地消失，黑色侵蝕著原本色調昏黃的咖啡店，連地板都不見了。黎筱愛嚇了一跳，一直在他身旁的男人扶了她一下，她才發現腳下還是踩得到東西，只是看起來像是空的。

這種感覺真詭異，她想。

「不要丟下我！不可以再丟下我了！啊啊啊！」

男孩身邊捲起黑色的氣流，原本有些委靡不振的他忽然又鼓足了氣，黑色細沙凝聚在指尖形成長長的尖爪。他嘶吼了一聲，朝著斯培德撲了過去。

少年國王的眼中露出了一絲憐憫。他靈巧地閃過並往後又跳了一步，握著「無怨」鈴的掌心向上攤開，瞬間，一把漆黑的鐮刀出現在他手上。

「看來還是要破壞你，沒辦法了。」

斯培德將鐮刀舞了一圈，掛在鐮刀尾端的「無怨」鈴響著澄澈的音色。

「啊啊啊啊！」

男孩轉了個身又朝他衝了過去。在男孩身後，凝聚了所有的怨氣及恨意的黑色氣流，帶著萬鈞之勢，朝手持黑鐮的少年國王湧去——

斯培德眼神一凜，揮舞著鐮刀，一左一右兩個橫劈就將黑色的怨氣盡數瓦解，接著一個側身，高高地跳了起來，最後一下攻擊，朝著男孩的腦門正中劈了下去。

黎筱愛輕輕呀了一聲瞇起眼睛，怕看見什麼血腥的畫面，但又忍不住偷偷開了一條縫。她驚訝地看見，鐮刀接觸到男孩的瞬間，金色的光便從他的頭頂往下侵蝕蔓延，很快地完全浸透了男孩。男孩從四肢開始變得透明，化為金色的粉塵消失。

男孩看起來既痛苦又悲傷，他最後朝黎筱愛的方向望了一眼，但少女知道他望的不是自己，而是後方被攙扶住的、昏倒的杏子。

杏子姐姐。

男孩最後張了張嘴，好像說了這麼一句話，接著完全化為金粉，消失在黑暗的空間中。

一只破舊的小熊吊飾從空中落了下來，斯培德伸手接住，握在掌中端詳了好半晌，輕輕地嘆了口氣。

尾　聲　國王說：「從開頭開始
接著下去來到結尾就該停。」
"Begin at the beginning and go on till you
come to the end: then stop." —The King

遺落之物圖書館，拉比辦公室外的接待室裡，有兩個人正在下棋。

桌子上放著溫熱的紅茶以及小點心，大玻璃窗透進來燦亮的陽光，外頭是令人想出去走走散心的好天氣。

「這還真是挺複雜的。」拉比手中抓著一枚主教，一邊看著盤面思考著下在哪裡才好，一邊自言自語著。

「是挺複雜的。」斯培德一隻手撐著下巴，眼睛盯著棋盤，嘴角微微揚起。這局對他有利啊。

「我說這次的事……」拉比看了半天還是無法決定到底下哪裡，咕噥一聲猶豫地落了子，「原本是沒問題的『遺落之物』，後來出問題了；還回去之後，『遺落之物』的影響是消失了，但怨念卻放大了，就直接變成你們黑桃家的權責範圍了。我還是第一次看到這樣轉換的。」

「嗯。因為是半途轉換的關係，我們也是很晚才接收到消息。而且這個怨念是變異體，他不純粹是怨念，還帶著『遺落之物』時的特性，這又更干擾了我們探查的難度。也因為這樣，他才會選擇讓杏子『忘記呼吸本能』，要是那天我們沒有處理好的話馬上就死了。真是凶殘。」

斯培德用一枚騎士帶走了他的卒，逐步逼近國王。

「可他只是一個小孩子呀！」拉比看著面前的棋盤，眉頭糾得都要纏在一起了，「一個十歲就死掉的孩子，為什麼會有這麼大的能力？一開始他成為『遺落之物』時並沒有這麼強呀！」

「嗯……」斯培德沉吟了一會，「那孩子不是普通死去的。他是被害死的。」

「哦？嗯，也不奇怪，不然不會有怨念啊，或是至少不會那麼深重。」拉比表示理解地點點頭。

斯培德看了他一眼，頓了頓，然後繼續道：「而且他還是被母親害死的。」

「欸？」拉比有些訝異。

「你知道吧，跟你們這裡不同，怨念的話，我們那邊有比較詳細的敘述存檔。」年輕的國王移動著棋子，又吃掉一枚白主教，「簡單來說呢……是個爹不疼娘不愛的孩子。父母離婚，媽媽雖然拿了監護權，但只是為了有個能跟前夫繼續糾纏的理由，因為她知道前夫家想要這個孩子；可前夫已經受夠她了，雖然被家裡頭逼著要把監護權討回來，但他最後還是放棄了那個官司——因為新的妻子懷孕了，已經不需要那個小孩了。」

「那個孩子的母親的心始終都是在丈夫身上，兒子對她來說只是工具。所以人前他對兒子好，人後卻始終忽略他，一有不順心就會打他，也常常忘記給他飯吃。杏子之前打工的咖啡廳就在他家附近，小男孩有時候會跑去咖啡廳，老闆知道他的情況，看他可憐，會讓他坐在角落的位置，並交代杏子請他喝杯紅茶。」

說到這，斯培德嘆了口氣。

「最後那孩子的母親知道自己已經沒有任何方法能挽回前夫了，於是就帶著孩子自殺了。對那個孩子來說，杏子是唯一對他好的人吧！雖然杏子好像不太記得了，畢竟她只是依照老闆的吩咐做事。」

「總之，如果那個吊飾沒有被丟掉而成為『遺落之物』的話，今天的事情可能就不會發生了。那孩子剩下的意念，只是想跟杏子在一起而已。所以，遺失之後它執著地想回到主人身邊，然後被你們壓制。原本這樣其實也就沒事了，但偏偏有個帶著杏子的氣息的人摸了它。」

「小愛……」拉比輕聲道。

「我想是吧。所以他就『醒了』。無論是重新燃起的想回到杏子身邊的執著，還是因為被遺忘而產生的怨恨。要知道，他最害怕的，就是被丟下來啊！將軍。」

黑皇后推倒了白國王，白國王發出喀一聲輕響倒下，在棋盤上搖晃著。

「其實也是由各種巧合組成的事件，要是杏子的家人不把它扔掉，要是你那個朋友……小愛？在進來之前沒有碰到杏子，或是若她進來之後摸的是其他的『遺落之物』，這件事都不會發生。但偏偏這些事情一環一環地扣上了，最終就是這樣。」

「啊！又輸了。」

拉比往後靠在椅背上，嘆了口氣。

「別在意，別在意。」斯培德嘻嘻笑著，「要比排兵布鎮，『紅心』總是要輸給『黑桃』的。」

「那你跟『方塊』比起來呢？」

拉比瞇著眼睛用挑釁的眼神看他。

「哼，戴蒙！」

一提到這個人，斯培德臉上立刻顯露出不滿的神色，「當然是我比較厲害啊！我可是專門對付怨念的『黑桃』！四個花色裡就屬我攻擊力最高了！戴蒙那傢伙算什麼！」

「真的嗎，可是我聽『黑梅』說，論排兵布陣，『方塊』才是首屈一指的。」拉比繼續刺激他。

「見鬼了，『黑梅』那傢伙說的話也能信！」斯培德哼了一聲，冷笑道：「別說排兵布陣了，『黑梅』他能拿得起比茶杯或刀叉更重的東西嗎？我都懷疑他是不是其實沒有武力，他的意見……」

「要論橫衝直撞的蠢蛋一樣的怪力，我的確不如你。但論起用腦袋的事，我想我們可以實際證明一下。」

清冽冷淡的男聲忽地在斯培德身後響起，拉比抽動著嘴角，想笑又不好直接笑出來。年輕的黑桃國王僵了一下，他慢慢回過頭，一身灰白的戴蒙不知何時站在他身後。

斯培德看著來人面無表情的臉，哽了半晌才冒出一句：「你進來為什麼不說一聲！」

「我一路沒看見玎或璫，雖然有看到幾隻兔子，但我想想，今天我只是來看看拉比殿下恢復得怎麼樣，就沒讓它們通報。」

戴蒙瞄了拉比一眼，拉比立刻發現自己忘了招呼客人，連忙緊張地跳起來，忙不迭地說：「啊，請、請坐。」

「嗯。」

得到主人的許可後，戴蒙才拉開椅子就坐。

「拉比殿下，最近覺得如何？」

就算是關心的問診，聽起來也很冷漠。方塊的國王就是這樣的男人。

「還、還好，外傷都好了，呼吸和坐起來也已經不太會痛了。」拉比如實轉告。少年有些緊張。沒辦法，面對一板一眼的戴蒙，他很難不緊張。

戴蒙點點頭。他打開公事包，拿出一雙繡著方塊紋章的黑色手套戴上，並轉頭對拉比道：「請把手給我。」

拉比連忙伸出手放到戴蒙攤開的掌心中。

方塊國王握著他的手，閉上眼睛，另一隻手一吋吋地往上移動。不是在摸，他並沒有碰到拉比，手掌離少年的身體約一公分高的距離，就這樣一路移動到心臟的位置，然後停了十幾秒。

「內傷已經恢復得差不多了。」他張開眼睛，一邊下結論一邊脫下手套，「我會差人再送配好的藥以及營養品過來，你再吃個一陣子就好了。女王不在，你要把自己顧好。」

「是、是的。」拉比連忙點頭應允。

「我家連女王都已經沒了，也沒看你這麼噓寒問暖的。」斯培德低聲嘟囔了句。

就像黑桃最強悍的能力是「戰鬥」，方塊最強的能力則彰顯在能量的感應以及藥物研究上——具體來說，就是「治療」的能力。

無論哪一代的方塊國王以及女王，都擁有最強的治癒力。對經常需要對付凶惡怨念，經常負傷甚至死亡的黑桃來說，方塊就是最強力的後盾，所以每一代的方塊跟黑桃感情都相當不錯，除了這一代以外。

——其實以前戴蒙明明對我很好的，但登基之後不知道為什麼就跟變了個人一樣。

斯培德滿心不高興地想著。

聽見那句話，戴蒙只是淡淡地瞟了他一眼，道：「你以為我幫你配過多少次藥，治過多少次傷了？這樣你還有什麼意見？」

「是，沒意見，我只是很懷疑，如果不是規定『方塊』必須支援『黑桃』，你會不會就直接放爛我！」黑桃國王忍不住嗆了回去。

「如果你再繼續在任務中不把自己的命當命，老幹些蠢事，我無法保證我會不會哪天就真的對你見死不救。」戴蒙瞇細了眼睛。

「你——」

「啊，好了啦，斯培德。」拉比連忙制止他，並很快遞轉移話題：「對了，戴蒙陛下，關於黎筱愛跟杏子……」

「嗯。我也是來說這件事的。」戴蒙微微促起了眉頭，表情有些凝重，「杏子成功的處理完畢了。為了讓怨念不再有死灰復燃的機會，除了斯培德負責將物體處理掉以外，『方塊』這邊也將她的記憶做了刪改，這部分就跟以往一樣成功。」

說到這裡，戴蒙停了一下，推了推眼鏡，神色古怪起來。

「但是，黎筱愛……」

◆◎◆◎◆◎◆

黑桃將怨念之物收回，並將它造成的空間破壞後，為了處理上的方便，一行人直接被黑桃轉移到了鏡之國的「黑桃之館」，負責支援治療以及後續收尾的戴蒙已經帶著人等在了那裡。

受傷的黎筱愛和拉比分別由戴蒙以及方塊「王牌」——卡特為他們進行治療，而杏子則由戴蒙的人看管著，他們在她身邊放了一個薰香，在黎筱愛身邊也放了一個，那香味讓黎筱愛覺得昏昏欲睡。

「妳可以休息一下沒關係。」卡特溫柔地說著。

她是個身材高眺，梳著俐落簡潔的包頭，看起來很能幹的一名女性——這讓黎筱愛想起了母親。

卡特那雙戴著手套的手撫過她疼痛的背以及手臂時，黎筱愛覺得那些地方像是有人拿暖暖包貼在上面一樣開始發熱，而且疼痛也隨著這溫暖的感覺慢慢減輕。

「我不想睡，我……」

黎筱愛忍不住揉了揉眼睛。

她有好多事情想問，例如嚴琅鋒學長為什麼會忽然穿成那樣出現，還把那個男孩收拾了？他到底是誰？現在一直在學長後面轉來轉去的那個高大的黑帽子男人又是誰？為什麼嚴琅鋒學長旁邊那些站得筆直的，穿著黑色軍服的人全部都用黑布遮著臉？還有，為什麼戴蒙國王家裡來的人，都清一色是女性，而且都穿著白色的護士服？

可是，即使她好奇得快要死掉，想問的問題堆在胸口都快爆炸了，但她的眼皮卻越來越重。黎筱愛打著呵欠，努力想保持清醒，卻越來越睏。

她望著不遠處的拉比，發現拉比也望著她。不知為什麼，拉比露出了很抱歉的表情。

「對不起。」

她好像看到拉比這樣說，但沒有聽清楚。

「再見囉。」

為什麼要說再見？

黎筱愛再也撐不住了，她閉上眼睛，沉沉地睡了過去。

再醒來時，黎筱愛發現自己竟然躺在自己房間的床上。她猛地坐起來，轉頭抓了床頭的手機，上面顯示的時間是週六早上九點。

——已經是隔天了？

——我是什麼時候回來的？

黎筱愛覺得十分不可思議，她完全沒有回家了的記憶，也不記得自己是什麼時候換上的睡衣。黎筱愛跳下床，啪啪啪踩著拖鞋跑到客廳，看見母親坐在沙發上一邊吃早餐，一邊看電視。

「哦，這麼早就起來了嗎？放假不都通常睡到中午嗎，小愛？」

許襄華一邊嚼著包子，一邊對女兒揚了揚手，「這個包子我跟同事團購的！很好吃喔，要不要吃？」

「媽！」

黎筱愛看見母親熟悉的態度及笑容，忽然覺得鼻頭發酸，她跑過去用力抱住母親。後者愣了一下，不知女兒為何會如此反常。

「小愛？妳怎麼了？」

「沒事……」少女將臉埋在母親肩窩，努力控制著淚水。解釋起來太麻煩了，還是不解釋了。希望母親不要發現才好。

許襄華任她這樣抱著好一陣子，然後露出了了然的表情。

「哦，妳是不是又考砸了？想先撒嬌免除處罰？」

「根本還沒考好不好！」聽見這句話，黎筱愛又氣又好笑地大聲抗議。

「是嗎？那難道是事先為了可能會考不好，所以先來撒嬌累積好感值嗎？」

「哪有媽媽在考試前就覺得女兒會考砸的！」

「我只是做了一個很正常的推理。」許襄華無辜地聳聳肩。

「媽！」

——太好了，媽媽真的恢復正常了。

黎筱愛一邊跟母親鬥嘴，一邊開心地想。

等等……

她腦中忽然竄過這一絲念頭。

母親真的有「異常」過嗎？

她試著回想當天的情景，雖然還是想得起來，卻覺得記憶有些曖昧不清，一些細節已經模糊了。

「嗳，媽，我昨天什麼時候回家的？」她決定從最疑惑的地方開始問起。

「啊？不是一放學就回家了嗎？」許襄華邊說邊將手伸向第二個包子。

「咦？」黎筱愛覺得很錯亂。一放學就回家了？

「那我還有再出去過嗎？」

「我們接下來就出去吃飯啦，因為妳說家裡沒有存糧了，不然就是吃蛋炒飯，所以我想乾脆出去吃好啦。」

「然、然後呢？」

自己有說過這種話嗎？還有她們一起出去吃飯？吃了什麼啊？

少女一陣混亂。

「然後？喔，我們去逛了一下書店，不過沒買什麼就回家了，接著轉到了電視上播的什麼……恐怖電影，看完之後妳就去睡覺啦。怎麼，傻了啊？」

母親疑惑地看著女兒，後者則露出了大惑不解的表情。

這些事……

好像是有發生過，但又好像沒有發生過。她好像想得起書店的樣子，好像想得起電影的內容，但那些回憶的色彩又非常平淡，就像隨便在紙上用極淡的水彩塗出來的景色。

有種人工的感覺。

「拉比。」

少女忽然意識到了什麼。她跑回房間，拿出自己前一天穿的制服翻來覆去地找，找完了還去翻書包。

沒有。

拉比給她的那個通行證明一樣的別針，不見了。

黎筱愛頹然地坐在床上，她摸摸自己的手臂，還扭動了幾下確認背部會不會痛，但全身上下沒有任何異狀。

自己真的是作夢嗎？

「不對，這一定也是『干擾』！」她喃喃自語著。

紅心王儲拉比，雙胞胎玎與瑺，冷漠的戴蒙國王，和謎一般的帥氣學長嚴琅鋒，這些一定都不會只是自己在作夢而已。

想到這裡，黎筱愛立刻跳起來，她動作很快地換好衣服，揹著背包，跑出了房門。

「媽，我去一下S大的圖書館！」

「咦？哦終於要去唸書了嗎？」

「呃，對、對啦！」

黎筱愛懶得解釋，她飛奔出門，朝S大跑去。

◆◎◆◎◆◎◆

「總之，不知道為什麼，我無法修改黎筱愛的記憶。」戴蒙少見地露出了疑惑不解的表情，「感覺是權限不夠。但她明明就只是一個普通的『那邊』世界的人，我也不知道為什麼權限會不夠，這太奇怪了。」

「你終於也有出岔子的時候啊！」斯培德逮到機會就想要攻擊戴蒙一下。

「總之……」戴蒙完全沒理會他的挑釁，逕自對拉比說道：「雖然你那時候說為了不讓她再牽扯進這世界的事情裡，要自己等女王回來，並收回她的通行憑證，修改她的記憶。但現在『修改記憶』這件事是沒辦法了。說真的，就我個人來說，我還滿想觀察她一下。」

「觀察？你的意思是讓我再給她憑證，讓她進來？」拉比為難地說：「可是，她不是這世界的人，萬一再發生一次那樣的事情，我沒有足夠的力量保護她，我連保護我自己都……」

想起在「空間」裡，黎筱愛也受了傷，他就覺得十分過意不去。

自己是鏡之國的人，而且還是即將繼承「紅心」的王位，會成為國王的王儲。但他卻連自己都保護不了，更遑論保護另一個沒有力量的黎筱愛。

「呃，我覺得這事你不用放在心上，畢竟『紅心』本來就不是戰鬥系的，更何況『怨念』不是你處理的範圍，我覺得你已經做得很不錯了。」斯培德連忙安慰他。

「是，比起一個應該早點發現這個變異並儘快處理避免爆發，但卻還是晚了一步的人，身為受害者的拉比殿下，其實可以說表現得相當好。」戴蒙也點頭同意，但那話裡面怎麼聽就是隱晦地批評了在場的另一個人。

「戴蒙你到底想怎麼樣！」黑桃國王不高興了，他抬頭質問青年，右手還攥起了拳頭。

「你能說這件事你完全沒有錯嗎？」戴蒙只是冷冷地回瞪他一眼。

「呃——好，兩位別吵了，總之，我覺得還是不要再讓她牽扯進來會比較好。」拉比連忙勸解一下兩人，並迅速地將話題拉回正軌，「所以，我是不會給她憑證的。抱歉，戴蒙陛下。」

他看著戴蒙，雖然語氣是在道歉，但態度是少見的強硬，沒得商量的語氣。

戴蒙看著這樣的拉比，忍不住極淺地笑了一下。

「我沒有要你給她憑證。我是想，對她來說，的確滿危險的；但要是她主動參與進來，我也不攔著。讓命運決定吧。」

「你的意思是？」拉比皺起了眉。

「聽你說她第一次是自己進來的。」戴蒙換了個姿勢，端起茶杯喝了一口，無視斯培德「那杯是我的」的抗議。

「如果她有被觀察的價值的話，她會自己進來第二次的。」

而就在這個時候，外頭傳來了少女的聲音。

「拉比——拉比你在嗎！你為什麼把那個別針收走了！欸？玎？怎麼了？裡面？又有客人？」

拉比、斯培德和戴蒙互相交換了個意味複雜的眼神。

「命運是這樣說的。」戴蒙推了推眼鏡。

拉比無奈地嘆了口氣，頭上的兔耳微微搖晃著。他望著門口，那個熟悉的身影很快跑了進來。

◆◎◆◎◆◎◆

杏子覺得這幾天的記憶都有點模糊。她隱隱約約記得自己好像進了醫院，但身邊的家人朋友都沒有什麼特別的異狀，她也不好抓個人就問「我有沒有進醫院啊」。不管怎麼說，一個人再迷糊，總不會連自己進了醫院都不知道吧？

她繼續一如往常地上學、放學、去圖書館打工，一如往常地跟之前交到的朋友——那個可愛的國中女生聊天。這小女生有時候會望著自己的手機，偶爾稱讚一下上面的小吊飾很可愛。杏子覺得這態度有點奇怪，但又想不出是哪裡有問題，只能笑笑，說這是路邊的娃娃機夾到的。

接下來她們就會聊起喜歡的小說、喜歡的作者，她會說自己家有一些重複買的書，問少女要不要。

好像很普通的日常，但又好像有什麼改變了。

她想不起來。

杏子其實不是很在意。自己常常忘記事情，她相信重要的事她都寫在筆記本上了，最近也因為這種記錄方式讓她在工作上越來越少出錯。

一切都一如往常。

這天下班之後杏子跟同學約好，一行人跑去逛夜市。在人聲鼎沸的夜市中，杏子注意到了路邊一個很小的攤位。那是一個年輕女孩擺的手工飾品攤，兩個展示用的木箱裡面掛滿了手製的可愛玩偶，原本她並沒有要看的意思，但是眼睛掃過那個攤位時，她卻被其中一個玩偶吸引住了。

那是一隻小熊，做工很一般，它被精緻的手作品包圍，看起來有些格格不入。杏子走過去拿起那隻小熊，女孩見客人上門，原本想介紹，但在看到杏子拿著那隻熊玩偶時，忽然驚訝地哎了一聲。

「啊，抱歉抱歉，那個是我的試作品，不知道為什麼混進去了。那個做得不好，妳要不要看看這邊的？」

女孩原本想將熊拿回來，但杏子搖搖頭，問她：「我能買這個嗎？」

「欸，可是那個真的做得……」女孩有些為難。

「沒關係。多少錢？」

「這……不然這樣好不好？妳買一個吊飾，那個我就當送妳了？」女孩雙手合十，閉起一隻眼睛，用俏皮的表情看她。

杏子笑了笑，掏出錢買了一個吊飾，然後拿著兩個吊飾走了。

「杏子妳買了什麼？哇，這個好可愛！」

杏子趕上了先走的朋友們，其中一個同學看著她買的小吊飾，忍不住稱讚。

「這個給妳好不好？」

「真的嗎？」

「嗯。」

杏子把掏錢買的那個吊飾給了朋友，自己則拿著那隻做得不太好的小熊玩偶，放在掌心，用拇指輕輕蹭著。

總覺得，有種很懷念的感覺。

她想。

《紅心冒險01》完

天罪 NOVEL
ILLUST 夜風
打工勇者
輕小說黃金組合，天罪＆夜風再度攜手！
「請問，你想不想當勇者？」
打工少年莫浩然突然被異界法師召喚，
為了拯救被困的大法師，少年踏上了勇者之路。
沒料想一到了異界，少年就成了不男不女的少女（咦？）
傑洛：不是少女，你只是沒有小雞雞！
前所未有的異世界冒險物語，就此上演！
典藏閣
華文聯合出版平台
www.book4u.com.tw
采舍國際
www.silkbook.com
不思議工作室_
立即搜尋
版權所有© Copyright 20

novel M.貓子
illust 麻先みち
全套六集，全國各大書店、網路書店、租書店，持續熱賣中！
我家門前有狐仙
家教狐仙扮神探
愛與正義的狐仙
狐仙愛的京都畫遊
純情女友偵狐仙
狐仙幸福偵狐仙
松雅記事系列
動物或妖怪報恩的故事，大家都耳熟能詳，
但是……「繫狐仙報恩」是哪招？
當冷面毒舌店長 遇上 天然純(蠢)真小狐仙
人類與狐仙纏綿悱惻的愛戀……
——不、不對！是人類被狐仙拐騙當助手當男傭當飼主啊啊啊！(╬￣皿￣)
典藏閣
華文聯合出版平台 www.book4u.com.tw
采舍國際 www.silkbook.com
不思議工作室_
立即搜尋
版權所有© Copyright 2015

召喚是麻煩的開始
召喚師物語
01
召喚是倒楣的初端
召喚師物語
02
召喚是混亂的根源
召喚師物語
03
召喚是世界的救贖
召喚師物語

羊角系列 002

紅心冒險 01

出版者■典藏閣
作　者■重花　繪　者■重花
總編輯■歐綾纖
製作團隊■不思議工作室
台灣出版中心■新北市中和區中山路 2 段 366 巷 10 號 10 樓
電　話■(02) 2248-7896　傳　真■(02) 2248-7758
郵撥帳號■50017206 采舍國際有限公司（郵撥購買，請另付一成郵資）
物流中心■新北市中和區中山路 2 段 366 巷 10 號 3 樓
電　話■(02) 8245-8786　傳　真■(02) 8245-8718
ISBN■978-986-271-621-2
出版日期■2015 年 8 月
全球華文國際市場總代理／采舍國際
地　址■新北市中和區中山路 2 段 366 巷 10 號 3 樓
電　話■(02) 8245-8786　傳　真■(02) 8245-8718
新絲路網路書店
地　址■新北市中和區中山路 2 段 366 巷 10 號 10 樓
網　址■www.silkbook.com
電　話■(02) 8245-9896
傳　真■(02) 8245-8819

☞您在什麼地方購買本書？☜

1. 便利商店（________市／縣）：□7-11　□全家　□萊爾富　□其他________

2. 網路書店：□新絲路　□博客來　□金石堂　□其他________

3. 書店（________市／縣）：□金石堂　□蛙蛙書店　□安利美特animate　□其他____

姓名：________地址：________

聯絡電話：________　電子郵箱：________

您的性別：□男　□女　　您的生日：西元________年________月________日

（請務必填妥基本資料，以利贈品寄送）

您的職業：□上班族　□學生　□服務業　□軍警公教　□資訊業　□娛樂相關產業

□自由業　□其他________

您的學歷：□高中（含高中以下）　□專科、大學　□研究所以上

☞購買前☜

您從何處得知本書：□逛書店　□網路廣告（網站：________）　□親友介紹

（可複選）　□出版書訊　□銷售人員推薦　□其他________

本書吸引您的原因：□書名很好　□封面精美　□書腰文字　□封底文字　□欣賞作家

（可複選）　□喜歡畫家　□價格合理　□題材有趣　□廣告印象深刻

□其他________

☞購買後☜

您滿意的部份：□書名　□封面　□故事內容　□版面編排　□價格　□贈品

（可複選）　□其他

不滿意的部份：□書名　□封面　□故事內容　□版面編排　□價格　□贈品

（可複選）　□其他

您對本書以及典藏閣的建議________

____

____

✌未來您是否願意收到相關書訊？□是　□否

✎感謝您寶貴的意見✎

印刷品

$3.5
請貼
3.5元
郵票
不思議信箱
FUSIGI POST

235 新北市中和區中山路二段366巷10號10樓

華文網出版集團　收

（典藏閣－不思議工作室）

紅心人冒險

Novel & Illust 重花

vol.01